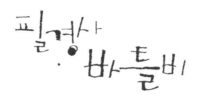

BARTLEBY, THE SCRIVENER by Herman Melville
Illustration copyright ⓒ Javier Zabala
Korean translation copyright ⓒ MUNHAKDONGNE Publishing Corp., 2011
All rights reserved.

This Korean edition is published by arrangement
with Nórdica Libros c/o SalmaiaLit. Agency through MOMO Agency, Seoul.

이 책의 한국어판 저작권은 모모 에이전시를 통해
Nórdica Libros c/o SalmaiaLit. Agency 사와 독점 계약한 (주)문학동네에 있습니다.
저작권법에 의해 한국 내에서 보호를 받는 저작물이므로
무단 전재 및 무단 복제를 금합니다.

이 도서의 국립중앙도서관 출판예정도서목록(CIP)은
서지정보유통지원시스템 홈페이지(http://seoji.nl.go.kr)와
국가자료종합목록 구축시스템(http://kolis-net.nl.go.kr)에서 이용하실 수 있습니다.
(CIP제어번호: CIP2011001139)

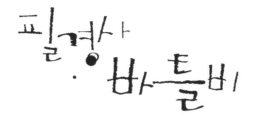

필경사 바틀비

허먼 멜빌 소설 | 하비에르 사발라 그림 | 공진호 옮김

문학동네

차례

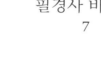

나는 초로에 접어들었다. 지난 삼십 년간 종사해온 소소한 일의 특성으로 인해 나는 흥미롭고 별스러운 사람들을 남달리 자주 접해왔다. 내가 알기로는 지금까지 그들에 관해서 기록된 것이 아무것도 없다. 그들은 바로 법률문서 필사원筆寫員 혹은 필경사筆耕士 들이다. 나는 사적으로나 공적으로나 그런 이들을 아주 많이 알고 있다. 그래서 마음만 내키면 그들 몇몇의 개인사에 대해 이야기할 수 있다. 그것은 성격이 좋은 신사라면 미소를, 감상적인 인물이라면 눈물을 보일 수도 있는 이야기들이다. 그러나 내가 보거나 들어 알던 필경사들 중 가장 이상했던 바틀비의 인생에 일어난 몇몇 사건을 위해, 다른 모든 필경사들의 전기는 접어둔다. 다른 필사원들에 관해서라면 모든 요소를 갖춘 일대기를 쓸 수 있겠지만, 바틀비의 경우에는 그런 일이 가능하지 않다. 내 생각에 그에 대해 완전하고 만족스러운 전기를 쓸 수 있는 자료는 존재하지 않는다. 이것은 문학에 돌이킬 수 없는 손실이다. 당사자와 직접적으로 관련 있는 경로가 아니면 아무것도 알 길이 없는 사람들이 있는데, 바틀비가 그랬다. 그의 경우에는 그런 것마저 미미했다. 바틀비에 관해서는 놀라움을 금치 못하며 내 두 눈으로 본 것, 그것만이 내가 그에 관해 아는 전부이다. 다만 후편*에서 소개할 불분명한 이야기 하나는 예외이다.

그 필경사가 처음 내 앞에 나타났을 때의 모습을 소개하기 전에, 나 자신과 직원들, 내 일과 사무실 그리고 전반적인 환경에 대해 어느 정도 언급하는 것이 적절하겠다. 곧 소개할 주인공을 충분히 이해하기 위해서는 어느 정도 그런 설명이 불가결하기 때문이다.

먼저 나로 말하자면, 젊어서부터 줄곧, 평탄하게 사는 게 최고라는 깊은 확신을 갖고 살아온 사람이다. 따라서 활기차고 흥분하기 쉬우며 더 나아가 소란에 휘말리기까지 한다고 흔히들 말하는 직종에 몸담고 있지만 나는 그런 일로 마음의 평안이 깨지는 일이 없었다. 나는 배심원 앞에서 변론을 하거나 대중의 갈채를 끌어내거나 하는 일이 결코 없는, 야망이 없는 변호사들 축에 속한다. 그리고 편안한 은신처가 주는 유유悠悠한 평화로움 속에

---

* 이 작품이 1853년 미국의 〈퍼트넘스 먼슬리 매거진〉에 2회에 걸쳐 처음 소개되었기 때문에 결말 부분을 그렇게 일컫는다.

서 부자들의 채권이나 저당권, 등기필증을 다루며 안락하게 살 수 있을 정도의 벌이를 한다. 나를 아는 사람들은 모두 나를 더없이 안심할 수 있는 사람이라고 여긴다. 시적 열의는 별로 없는 저명인사였던 고故 존 제이컵 애스터*는 주저 없이 내 첫번째 강점은 신중함이며, 그다음은 체계성이라고 단언했다. 우쭐해서 하는 말이 아니라, 단지 사실을 있는 그대로 기록하건대, 이 일을 하며 내가 고 존 제이컵 애스터의 의뢰를 받지 못한 적은 없다. 고백하건대 나는 그의 이름을 되풀이해 말하기 좋아한다. 그 이름을 발음하면 둥그렇게 오므린 입안에서 소리가 회전하는 듯한데, 그것이 마치 금괴를 두드리는 듯한 울림을 주기 때문이다. 여기에 거리낌없이 덧붙이자면, 나는 고 존 제이컵 애스터의 호의적인 평가에 관심이 없지는 않았다.

이 짧은 이야기가 시작되기 얼마 전, 내가 하는 소소한 일들의 가짓수가 크게 늘어났다. 지금은 뉴욕주에서 폐지되고 없는 형평법 법원**의 서기직***에 임명되었기 때문이다. 일은 힘들지 않았는데 보수는 상당했다. 나는 좀처럼 화를 내지 않는다. 부정이나 폭력에 분노해 위험을 초래하는 일은 더더욱 없다. 하지만 여기서 무분별해지는 걸 허용해 분명히 말해둘 것

---

* 당시 미국에서 가장 큰 부자.
** 동산의 공정 분배에 대한 소송과 사건을 심리하는 법원이다.
*** 뉴욕은 1846년 주 헌법을 새로 제정하고 그해 이 한직을 폐지했으며 형평법 법원은 1847년 뉴욕주 대법원에 편입되었다.

이 있다. 나는 새로 제정한 주州 헌법으로 형평법 법원 서기직을 느닷없이 강제로 폐지한 것은…… 시기상조였다고 생각한다. 그 직에 따른 종신 소득을 기대했으나, 내가 얻은 것은 고작 몇 년 치였기 때문이다. 이건 여담이었다.

나의 사무실은 월 스트리트* ○○번지 2층에 있었다. 사무실 한쪽에서는, 천장에 채광창을 낸 넓은 통풍로의 흰색 내벽이 내다보였다. 이 공간은 옥상에서 바닥까지 건물을 수직으로 관통했다. 이 전망에는 풍경화가들이 "생명"이라고 부르는 것이 결여되어 있어서 특히 단조롭다고 생각되었을 것이다. 그런가 하면 그 반대쪽 전망은 더 별다른 건 없지만 적어도 대조적인 모습을 보여주었다. 그쪽 창밖으로는 높은 벽돌 벽이 훤히 내다보였다. 벽은 오래되고 늘 그늘이 져 있어서 거무스름했다. 그 벽의 숨은 미관을 발견하기 위해 쌍안경이 필요하진 않았다. 근시안인 사람들도 볼 수 있을 만큼 벽은 창문에서 십 피트도 채 떨어지지 않은 곳까지 진입해 있었다. 주변 건물들이 매우 높고 내 사무실은 2층에 있어서 그 벽과 사무실 건물 벽 사이의 공간은 거대한 사각 물탱크와 적잖이 흡사했다.

바틀비가 도래하기 바로 전에 내가 고용하고 있던 사람들로는 필사원이

* '벽의 거리'라는 뜻. 네덜란드 이민자들을 아메리카 원주민들로부터 보호하기 위해 세워진 방벽에서 유래한 이름. 현재 이 거리는 동쪽의 이스트강에서 서쪽의 허드슨강 근처까지 맨해튼 남단을 동서로 가로지른다.

둘 있었고, 전도유망한 소년 하나가 사환으로 있었다. 맨 처음은 터키*, 두 번째는 니퍼스**, 세번째는 진저 너트***의 순서로 고용하였다. 이들은 이름은 이름이되, 전화번호부에서 좀처럼 찾아보기 힘든 유의 이름들처럼 보일 것이다. 사실 이것은 사원들이 서로에게 붙여준 별명으로, 각자의 개성이나 인격을 보여준다고 여겨졌다. 터키는 키가 작고 숨을 가쁘게 쉴 정도로 뚱뚱한 영국인이었으며 나이는 나와 비슷하게 예순 살 언저리였다. 그

의 혈색은 아침에는 보기 좋은 붉은색이지만 낮 열두시, 그의 식사 시간이 지나면 석탄이 수북한 크리스마스 벽난로처럼 타오른다고 할 만했다. 그 상태는 오후 여섯시 무렵까지 마치 점점 이우는 불빛처럼 지속되었다. 해와 함께 정점에 이르는가 하면 해와 함께 지고, 다음날 여전히 규칙적으로, 쇠하지 않은 광휘를 발하며 떠올라 절정에 이르고는 다시 쇠하는 그 얼굴의 임자는 오후 여섯시만 지나면 온데간데없었다. 내 평생 기묘한 우연의 일치를 많이 겪었지만 그중에서도 두드러진 것은, 터키의 불그스레하고 환한 얼굴이 최고조에 달할 때, 바로 그때, 그 결정적인 순간부터, 하루 중 그의 업무 능력에 심각한 장애가 발생하는 걸로 여겨지는 그 나머지 시간대가 시작된다는 사실이었다. 일을 전혀 안 하거나 거부하는 것이 아니라, 그 반대였다. 문제는 에너지가 너무 두루 넘치는 경향이 있다는 것이었다. 그에게는 이상하고, 쉽게 흥분하고, 허둥대고, 변덕스럽고 무모한 데가 있었다. 그는 잉크병에 펜을 담글 때 조심스럽지 못했다. 문서의 잉크 얼룩은 모두 정오 이후에 생겼다. 그는 정말 오후만 되면 덜렁대서 유감스럽게도 걸핏하면 잉크 얼룩을 남겼을 뿐 아니라, 어떤 날은 한술 더 떠서 다소 시끄럽

---

* '칠면조'를 뜻하지만 '실패' '바보' '얼간이'라는 의미도 있다. 당시 속어로 '술에 취함'을 의미하기도 했다.

** '펜치'를 뜻한다. 또한 동사 'nip'에는 '싹둑 잘라내다' '물다'라는 의미가 있다.

*** 생강과자.

게 굴기도 했다. 그런 때 그의 얼굴은 더욱 여봐란듯이 불타올라서 마치 무연탄*에 촉탄**을 얹은 것 같았다. 그는 의자로 귀에 거슬리는 시끄러운 소리를 내고, 잉크를 터는 모래 상자를 엎는가 하면, 펜을 고치다가 참지 못해 조각내고는 벌컥 성을 내며 바닥에 집어던졌으며, 자리에서 일어나 책상 위로 몸을 굽히고는 아주 경박하게 서류들을 이리저리 정돈하기도 했다. 그처럼 나이가 지긋한 사내가 그러는 모습을 보고 있기란 매우 애석한 일이었다. 그럼에도 그는 여러모로 내게 매우 유용한 사람이었다. 정오가 되기 전까지는 가장 빠르고 착실한 친구였으며, 다른 사람들이 필적하기 쉽지 않은 방식으로 많은 일을 해냈다. 그래서 나는 그의 기행들을 기꺼이 눈감아주었지만, 간혹 그에게 충고를 해주기도 했다. 그럴 때에도 나는 매우 너그럽게 행동했는데, 그는 아침에는 지극히 예의바르고, 아니 지극히 온화하고 공손한 사람이지만 오후에는 자극만 받으면 말이 약간 경솔해지는, 아니 사실은 무례해지는 편이었기 때문이다. 나는 그가 오전에 해내는 업무를 중시해 이에 손해 가는 일이 없게 해야겠다고 마음먹으면서도, 한편으로는 열두시만 넘으면 불붙듯 흥분하는 그의 버릇 때문에 불편했다. 평화주의자인 나는 그에게 충고를 해서 꼴사나운 말대꾸를 초래하고 싶지 않은지라 어느 토요일 정오에(그는 토요일이면 항상 더 심했다) 날을 잡아 아

---

* 천천히 타는 단단한 석탄.
** 밝은 불길로 확 타오르는 역청질의 석탄.

주 친절하게 넌지시 내 뜻을 비치기로 했다. 이제 나이가 많이 들었으므로 노동 시간을 단축하는 것이 좋지 않겠냐고. 요컨대 열두시 이후에는 식사를 마치면 사무실로 오지 말고 집에 가서 초저녁 차 마시는 시간까지 쉬는 게 좋을 것 같다고. 하지만 받아들여지지 않았다. 그는 오후의 헌신을 고집했다. 아침의 섬김이 유용하다면 그것이 오후에는 얼마나 더욱 긴요하겠냐는 것이었다. 그가 사무실 한끝을 향해 긴 자를 내지르며 연설조로 나를 설득하는 동안, 그의 얼굴은 견딜 수 없이 뜨겁게 달아올랐다.

"삼가는 마음으로 말씀드립니다만, 저는 변호사님의 오른팔이라고 생각합니다. 오전에는 부대를 종대로 배치할 뿐이지만, 오후에는 제가 선두에 서서 적군을 향해 용감하게 돌진합니다. 이렇게!" 그가 자로 맹렬하게 찌르기 동작을 취했다.

"하지만 터키, 잉크 얼룩은……" 나는 넌지시 말을 건넸다.

"그렇죠…… 하지만 삼가는 마음으로 말씀드립니다만, 변호사님, 이 머리 좀 보세요! 전 늙어가고 있습니다. 아무려면 무더운 오후에 떨어뜨린 잉크 얼룩 한둘 때문에 흰머리가 심하게 압박받아서는 안 되겠죠. 비록 서류를 얼룩지게 할지언정 노년은 존경을 받아 마땅합니다. 삼가는 마음으로 말씀드립니다만, 변호사님, 우리는 함께 늙어가고 있습니다."

동류의식을 겨냥한 이런 호소에는 도저히 저항할 수 없었다. 어쨌든 나는 그가 일찍 퇴근하는 일은 없을 거라는 걸 깨달았다. 그래서 그를 그대로

내버려두겠다고 체념했지만, 오후에는 반드시 덜 중요한 서류를 다루도록 하겠다고 결심했다.

두번째로 니퍼스는 누르께한 안색에 구레나룻이 있고 전체적으로 다소 해적처럼 보이는 스물다섯 살 정도의 청년이었다. 나는 늘 그가 야심과 소화불량이라는 두 사악한 세력의 희생자라고 생각했다. 필사원이라는 단순직 업무를 못 견뎌하는 품이랄지, 법률문서 원본 작성과 같이 엄밀히 전문적인 업무를 부당하게 취하는 등의 온당치 않은 행위에서 그의 야심이 분명히 드러났다. 소화불량은 이따금씩 보이는 신경질적인 조급함, 이를 드러내며 웃을 때의 성마름에서 예시되는 듯했다. 필사하다 실수를 저지르면 이를 가는 소리가 들렸다. 또한 한창 업무중에 불필요한 욕설이, 말이라기보다 증기처럼, 새어나왔다. 특히 그가 일하는 책상의 높이에 대한 끊임없는 불만 때문에 그랬다. 아무리 정교한 기계적 변경을 가해도 니퍼스는

한 번도 책상을 자신에게 맞게 조절하지 못했다. 책상 다리에 나무 조각이나 온갖 종류의 뭉치, 판지 조각 등을 받친 다음 마지막 부품으로 압지를 접어 미세 조정까지 했다. 그러나 어떤 고안도 소용이 없었다. 그는 등이 편하도록 책상 뚜껑을 턱에 가깝게 경사지게 하고는, 네덜란드식 가옥의 가파른 지붕을 책상으로 사용하는 사람처럼, 거기에 대고 글을 썼다. 그러더니 곧 팔에 혈액순환이 되지 않는다며 모든 사람이 들을 정도로 떠들고는 책상을 다시 허리띠 높이로 낮추고 몸을 구부린 채 필사하더니, 이번에는 등이 욱신거린다고 했다. 요컨대, 사실을 말하자면, 니퍼스는 자신이 뭘 원하는지 몰랐다. 그가 원하는 게 있다면, 그것은 필경사용 책상을 아예 없애버리는 것이었다. 그의 병든 야심은 그가 종잡을 수 없는 자들의 방문을 좋아한다는 사실에서도 드러났다. 그는 허름한 코트 차림의 그자들을 고객이라고 불렀다. 사실 나는, 그가 때때로 지역구 정치꾼으로서 영향력이 있을 뿐 아니라 간혹 법원에서 거래*도 좀 했기 때문에 툼스** 구치소의 계단에서는 무명인이 아니라는 걸 알고 있었다.*** 자신이 니퍼스의 고객임을 역설하며 사무실로 찾아온 당당한 풍채의 한 사내는 다름 아닌 빚을 독촉하는

---

* 스스로 변호사 노릇을 했음을 암시한다. 당시에는 변호사가 되기 위해 법학을 전공하지 않아도 변호사 시험에 합격하면 되었으나 시험관들은 하층 계급에서 변호사가 배출되는 걸 경계했다.

** '무덤'이란 뜻으로, 뉴욕 맨해튼 다운타운에 있는 대규모 구치소의 별칭.

*** 과거 툼스 구치소 계단에서는 변호사들과 정치가들 사이에 각종 거래들, 특히 떳떳하지 않은 거래들이 이루어졌다.

자였으며 그 등기필증이라는 것은 어음이었을 것이다. 내가 이렇게 생각하는 데는 그만한 근거가 있다. 그러나 그의 모든 결점과 내 심기를 불편하게 만드는 점들에도 불구하고 니퍼스는 그의 동료 터키처럼 내게 매우 유용한 사람이었다. 그의 필사는 빠르고 깔끔했다. 그리고 그는 마음만 내키면 흠 잡을 데 없는 신사처럼 행동했다. 이에 덧붙여 그는 옷도 언제나 신사처럼 입었다. 이것은 의도치 않게 내 사무실의 평판에 도움이 되었다. 그에 반해서 터키의 경우, 나는 그가 내게 치욕이 되지 않도록 애써야 했다. 그의 옷은 기름때에 전 듯했고 식당냄새를 풍기기 일쑤였다. 그는 여름이면 바지를 자루처럼 아주 헐렁하게 입었다. 코트는 끔찍했고 모자는 만지지도 못할 지경이었다. 예속된 입장의 영국인인 그가 사무실에 들어설 때면 당연히 공손하게 예를 갖춰 늘 모자를 벗는 이상, 나는 모자야 어떻든 괘념치 않았다. 하지만 코트는 문제가 달랐다. 나는 코트에 대해서 그가 알아듣도록 이야기해봤지만 아무런 소용이 없었다. 사실 그렇게 수입이 적은 사람이 그렇게 윤기 나는 얼굴과 윤기 나는 코트를 한꺼번에 과시할 여력은 없었을 것이다. 언젠가 니퍼스가 언급했듯이, 터키의 돈은 주로 붉은 잉크*에 소비되었다. 어느 겨울날, 나는 터키에게 매우 품위 있어 보이는 내 코트를 선물로 주었다. 심을 넣은 회색 코트로, 매우 따뜻하고 편안했으며 단추를

---

* '붉은 포도주'라는 의미가 있지만 '적자(赤字)'라는 의미도 있다.

무릎부터 목까지 잠그게 되어 있었다. 나는 터키가 이 호의에 감사하고 오후의 무모하고 소란스러운 행동을 줄일 것이라고 생각했다. 하지만 아니었다. 그렇게 포근하고 담요 같은 코트로 자신을 꼭 감싸는 것이 그에게 해로운 영향을 끼쳤음이 분명하다. 말에게 너무 많은 귀리를 먹이면 좋지 않은 이치와 마찬가지였던 것이다. 사실, 성급하고 다루기 힘든 말을 가리켜 귀리의 영향을 받았다*고 말하듯 터키도 코트의 영향을 받았다. 코트는 그를 거만하게 만들었다. 풍요가 그에게 해가 되었다.

제멋대로 구는 터키의 습성에 관해서는 내 나름 짐작하는 바가 있었지만, 니퍼스에 관한 한 그가 다른 면에서 어떠한 결점을 가지고 있든 나는 그가 적어도 절제할 줄 아는 청년이라는 충분한 확신이 있었다. 그러나 자연은 양조업자처럼 그에게 성마르고 브랜디 같은 기질을 가득 채워 세상에 내보내기라도 했는지, 그는 따로 술이 필요하지 않아 보였다. 정적에 잠긴 사무실에서 니퍼스는 간혹 조바심치듯 벌떡 자리에서 일어나 책상 위로 몸을 굽힌 다음 양팔을 넓게 벌려 책상을 잡고는 바닥에 갈아 으깨듯 험상궂게 옮기고, 흔들어대곤 했다. 마치 책상이 자유의지를 가진 심술궂은 영물이기라도 한 듯, 그래서 그를 전심전력으로 좌절시키고 애태우기라도 하는 듯 말이다. 이런 점들을 생각해보면 물을 탄 브랜디가 니퍼스에게는 전혀

---

* to feel one's oats. '전에 없이 갑자기 자만하고 잘난 체한다'는 의미의 이 관용구는 원래 말에게 사용하던 '힘이 넘치고 까분다'는 표현이었다.

불필요하다는 걸 분명히 알게 된다.

소화불량이라는 괴상한 원인 때문이긴 하지만 니퍼스의 성마름과 이에 따른 신경과민이 주로 오전에만 나타날 뿐 오후만 되면 그가 비교적 온순했던 것은 나로서는 천만다행이었다. 터키의 발작은 열두시쯤에야 시작됐기 때문에 나는 한 번도 두 사람의 기행을 일시에 겪지 않아도 되었다. 그들의 발작은 보초가 서로 교대하듯 번갈아가며 나타났다. 니퍼스가 발작할 때는 터키가 쉬었고, 터키가 발작할 때는 니퍼스가 쉬었다. 사정이 사정이니만큼 그것은 꼭 들어맞는 자연스러운 조합이었다.

세번째로 진저 너트는 열두 살가량의 소년이었다. 아이의 아버지는 마부였다. 그는 살아생전에 아들이 마차 대신 판사석에 앉는 것을 간절히 보고 싶어했다. 그래서 아들이 주에 일 달러밖에 벌지 못하더라도, 심부름도 하고 청소도 하면서 법률을 배울 수 있도록 내 사무실에 다니게 했다. 작은 책상이 따로 주어졌지만 그 아이는 별로 사용하지 않았다. 책상 서랍을 열어보면 그 안에 온갖 종류의 견과 껍데기가 무수히 줄지어 있었다. 정말이지 이 눈치 빠른 소년에게는 법률이라는 고귀한 학문이 모두 견과 한 알 한 알에* 담겨 있었다. 진저 너트의 일 가운데 그 비중이 적지 않았고 그가 대단히 민첩하게 수행한 일은 터키와 니퍼스에게 과자와 사과를 조달하는 임

---

* in a nutshell. '간략하다'는 의미의 관용구에 대한 언어유희.

무였다. 흔히들 말하듯 법률문서 필사가 메마른 견과 껍데기 같은 일이라
서 그런지 나의 두 필경사들은 세관과 우체국 근처에 즐비한 노점에서 파
는 스피첸버그*로 목을 축이지 않을 수 없었다. 또한 그들은 진저 너트에게
매우 자주, 작고 납작하고 둥글고 매콤한 그 묘한 과자를 사 오게 했다. 진
저 너트라는 이름도 그 과자 이름을 본떠 직원들이 붙여준 것이다. 업무가
단조롭기만 한 추운 아침이면 터키는 그 과자를 게걸스럽게 먹어치우곤 했
다. 마치 얇은 웨이퍼**를 먹듯 했다. 그 과자는 일 페니에 여섯 개 내지 여
덟 개였다. 그가 펜을 긁는 소리가 입안의 바삭한 조각을 부수는 소리와 섞
이곤 했다. 터키의 불같이 격한 오후의 실책들과 허둥대다 저지르는 경솔
한 행동들 가운데 한번은 이런 것이 있었다. 그가 생강과자 하나를 입술 사
이에 넣어 침을 적시고는 그것을 저당권 증서에 봉랍封蠟 대신 탁 내려쳐 붙
인 것이다. 그때 나는 하마터면 그를 해고할 뻔했다. 하지만 그는 동양식으
로 인사하듯 허리를 굽히며, "삼가는 마음으로 말씀드립니다만, 변호사님,
제가 인심 좋게 제 사비를 들여 문구를 샀는데요"라고 말해 내 마음을 누그
러뜨렸다.

　바야흐로 나의 본업, 즉 부동산 양도 취급인, 소유권 증서 검증인 그리고
온갖 종류의 난해한 서류 작성자로서의 일이 그 서기의 직임을 받으면서

* 뉴욕에서 흔히 볼 수 있는 미국산 사과 품종. 불그레하면서 누런 빛을 띠고 맛은 진하다.
** 매우 얇고 바삭바삭한 과자.

상당히 증가했다. 이제 필경사들이 할 일이 아주 많았다. 나는 기존의 직원들을 독촉해야 했을 뿐 아니라 추가 인력이 필요했다. 그렇게 낸 광고를 보고 찾아온 한 젊은이가 어느 날 아침 사무실 문턱에 미동도 없이 서 있었다. 여름이라 사무실 문이 열려 있었다. 지금도 그 모습이 눈에 선하다. 창백하리만치 말쑥하고, 가련하리만치 점잖고, 구제불능으로 쓸쓸한 그 모습이! 그가 바틀비였다.

그의 자격 조건들에 관해 몇 마디 나눈 뒤 나는 그를 고용했다. 그렇게 두드러지게 조용한 풍모를 가진 사람을 내 필사원단▩의 일원으로 둘 수 있어서 기뻤다. 나는 그의 그런 면이 터키의 변덕스러운 성질과 니퍼스의 불 같은 성질에 유익한 영향을 미치리라 생각했다.

미리 말했어야 했는데, 사무실은 간유리 접문을 사이에 두고 둘로 나뉘어 있었다. 한쪽은 필경사들이 사용했고 다른 한쪽은 내가 사용했다. 나는 기분에 따라 접문을 활짝 열어놓거나 닫아놓았다. 바틀비에게는 접문 옆 구석 자리를 주기로 결정했다. 내가 있는 쪽이었다. 자잘하게 해야 할 일을 생각해서 쉽게 부를 수 있는 곳에 이 조용한 청년을 두고자 함이었다. 나는 그의 책상을 방의 측벽에 난 작은 창문 가까이에 놓았다. 원래는 그 창을 내다보면 옆으로 더러운 뒤뜰과 벽돌이 보였지만, 잇따른 건축으로 인해 현재는 아무것도 보이지 않고, 빛만 약간 새어 들어올 뿐이었다. 창문에서 옆 건물의 벽까지는 삼 피트도 되지 않았고, 마치 돔의 아주 작은 틈으로 새

어 들어오듯 빛이 멀리 위에서 두 고층 건물 사이로 내리 비쳤다. 나는 조금 더 만족스러운 배치를 위해 높은 초록색 칸막이를 구했다. 그러면 바틀비가 내 시야에서 완전히 벗어나 있으면서도 내가 부르는 소리를 들을 수 있으리라는 생각이었다. 그렇게 해서 어느 정도 프라이버시와 사회성이 함께 어우러졌다.

바틀비는 처음에는 놀라운 분량을 필사했다. 마치 오랫동안 필사에 굶주리기라도 한 것처럼 문서로 실컷 배를 채우는 듯했다. 소화하기 위해 잠시 멈추는 법도 없었다. 낮에는 햇빛 아래, 밤에는 촛불을 밝히고 계속 필사했다. 그가 쾌활한 모습으로 열심히 일했더라면 나는 그의 근면함에 매우 기뻐했을 것이다. 하지만 그는 묵묵히, 창백하게, 기계적으로 필사했다.

필경사가 하는 일 중 자신이 쓴 필사본의 정확도를 한 자 한 자 검증하는 것은 당연히 빼놓을 수 없는 일이다. 한 사무실에 필경사가 둘 이상이면, 한 사람이 필사본을 소리 내어 읽는 동안 다른 한 사람은 원본을 맡는 방식으로, 검증하는 일을 서로 거든다. 매우 따분하고, 넌더리나고, 권태로운 일이다. 쾌활하고 낙천적인 기질의 사람들에게는 전적으로 견딜 수 없는 일이라는 것을 쉽게 헤아릴 수 있다. 이를테면 혈기 왕성한 시인 바이런이 바틀비와 함께 앉아 법률문서를, 가령 꼬불꼬불한 글씨로 빽빽한 법률문서 오백 장을 기꺼운 마음으로 검증했으리라고 누가 말한다면, 나로서는 믿지 못할 말인 것이다.

간혹 일을 서둘러야 할 경우, 나는 간략한 문서를 검증하는 작업에 터키나 니퍼스를 부르고 내가 직접 거드는 버릇이 있었다. 내가 바틀비를 칸막이 뒤편 편리한 위치에 둔 이유도 그런 자잘한 경우에 그의 품을 이용하기 위해서였다. 그가 나와 함께 있은 지 사흘째 되던 날인가에 있었던 일이다. 바틀비가 자신의 필사를 검증할 필요는 아직 없을 때였다. 처리해야 할 작은 일을 마무리하려 급히 서두르던 중에 내가 불쑥 바틀비를 불렀다. 급한 나머지, 그리고 당연히 즉각적으로 응할 것이라 기대했기 때문에 나는 책상에 앉아 고개를 숙이고 원본을 내려다보며, 필사본을 든 오른손을 다소 신경질적으로 옆으로 뻗었다. 바틀비가 그의 은둔처에서 나오자마자 바로 낚아채어 조금도 지체하지 않고 일에 돌입할 수 있도록 하기 위함이었다.

그 자세로 앉아, 나는 그를 부르며 용건이 무엇인지 빠르게 말해주었다. 나와 함께 적은 양의 문서를 검증하자는 것이었다. 그러니 바틀비가 그의 은둔처에서 나오지 않은 채, 매우 상냥하면서 단호한 목소리로 "안 하는 편을 택하겠습니다"라고 대답했을 때 내가 얼마나 놀랐을지, 아니 당황했을지 한번 상상해보라.

나는 충격받은 감각기관들을 추스르며 잠시 완벽한 침묵 속에 앉아 있었다. 곧 내가 뭘 잘못 들었거나, 바틀비가 내 말뜻을 완전히 잘못 알아들었을 거라는 생각이 들었다. 나는 내가 취할 수 있는 가장 분명한 어조로 요구를 반복했다. 그러나 그만큼 분명한 어조로 그 전과 같은 대답이 되돌아왔다.

"안 하는 편을 택하겠습니다."

"안 하는 편을 택하다니." 나는 크게 흥분하여 일어나 성큼성큼 방을 가로지르며 그의 대답을 되풀이했다. "그게 무슨 말인가? 자네 머리가 어떻게 됐나? 여기 이 서류의 검증을 도와주게. 자, 여기 있네." 나는 그에게 서류를 들이밀었다.

"안 하는 편을 택하겠습니다." 그가 말했다.

나는 그를 뚫어지게 쳐다보았다. 그의 얼굴은 아무 생각 없는 듯 태연했고, 회색 눈은 흐릿하게 가라앉아 있었다. 동요해서 생기는 주름살도 한 줄 보이지 않았다. 그의 태도에 최소한의 불안, 분노, 성급함, 무례함이 있었다면, 다시 말해 정상적으로 인간다운 데가 있었다면, 나는 필시 그를 난폭하게 사무실 밖으로 내쫓았을 것이다. 하지만 그랬더라도 실제로는 소석고로 만든 창백한 키케로 흉상을 내친다는 생각이 들었을 것이다. 나는 잠시 그를 응시하며 서 있었다. 그는 쓰던 것을 계속 써나갔다. 나는 곧 내 책상으로 돌아가 앉았다. 정말 이상한 일이야. 나는 생각했다. 어떻게 하는 게 가장 좋을까? 하지만 업무가 나를 재촉했다. 나는 이 문제를 나중에 한가할 때 처리하기로 하고 일단은 잊기로 했다. 그리고 다른 방에서 니퍼스를 불러 신속하게 문서를 검증했다.

그로부터 며칠 뒤, 바틀비가 긴 문서 네 부를 끝냈다. 내가 출정한 형평법 고등법원에서 일주일간 취한 진술을 네 부로 필사하는 일이었다. 그 문

서들의 검증이 필요해졌다. 중요한 소송이었으며 고도의 정확성이 요구됐다. 나는 만반의 준비를 하고 옆방에서 터키와 니퍼스, 진저 너트를 불렀다. 사원 넷이 필사본을 하나씩 맡으면 원본은 내가 읽을 참이었다. 그렇게 해서 터키, 니퍼스, 진저 너트가 각자 손에 서류를 들고 일렬로 의자에 앉자 나는 바틀비를 이 재미있는 그룹에 끼도록 불렀다.

"바틀비! 어서! 내가 기다리고 있네."

카펫이 없는 바닥에 그의 의자 다리가 천천히 끌리는 소리가 들렸다. 그리고 곧 그가 자신의 은둔처 입구에 모습을 드러내고 섰다.

"무슨 일이죠?" 그가 온화하게 말했다.

"필사본, 필사본." 내가 급하게 말했다. "우리가 필사본들을 검증할 참이네. 자, 여기 있네." 나는 그에게 네번째 필사본을 내밀었다.

"안 하는 편을 택하겠습니다." 그가 말했다. 그리고 그는 칸막이 뒤로 조용히 사라졌다.

나는 종렬로 앉아 있는 사원들의 상석에 잠시 소금 기둥*이 되어 서 있었다. 정신을 차리자마자 나는 칸막이 쪽으로 진격했다. 그리고 그에게 그런 터무니없는 행동에 대한 이유를 요구했다.

"왜 거부하는 거지?"

---

* 구약성서 창세기 19장 26절에서 멸망하는 소돔과 고모라를 뒤돌아보지 말라는 여호와의 말을 거역하자 롯의 아내가 곧바로 소금 기둥으로 변한다.

"안 하는 편을 택하겠습니다."

다른 사람이었으면 나는 곧바로 엄청나게 성을 냈을 것이다. 그가 뭐라고 더 말하든 모두 비웃고. 면전에서 그를 굴욕적으로 떠밀었을 것이다. 그러나 바틀비에게는 이상하게 나의 성질을 누그러뜨릴 뿐 아니라. 놀랄 만큼 나의 마음을 움직이고 당혹스럽게 하는 무언가가 있었다. 나는 그가 알아듣도록 말하기 시작했다.

"우리가 검증하려는 이것들은 자네가 쓴 필사본들이네. 자네로서는 수고를 더는 일이야. 한 번에 필사본 네 부를 검증하게 되니 말일세. 이건 상례야. 필사원들은 모두 자신의 필사본 검증을 도울 의무가 있네. 그렇지 않은가? 말을 안 할 셈인가? 대답 좀 해보게!"

"안 하는 편을 택하겠습니다." 그가 플루트 소리 같은 음색으로 대답했다. 내가 말하는 동안 그는 내가 하는 모든 말을 신중히 숙고하는 듯했다. 말뜻을 충분히 이해하고 저항할 수 없이 당연한 그 결론을 부정하지 못하는 듯 보였다. 하지만 그러면서도 그보다 우위에 있는 중요한 사정 때문에 그렇게 대답할 수밖에 없는 것 같았다.

"그럼 자네는 내 요구에, 상례와 상식에 의거한 요구에 응하지 않기로 했다는 건가?"

그는 간결하게 그 점에서는 내 판단이 옳다고 인정했다. 그렇다. 그의 결정은 되돌릴 수 없는 것이었다.

사람이 전례가 없고 몹시 부당한 방식의 위협을 받으면 그 자신이 지닌 가장 분명한 믿음마저 흔들리기 시작한다는 것, 이것은 별로 드문 일이 아니다. 말하자면, 그것이 제아무리 훌륭해도 모든 정의와 이성이 반대편에 있을지 모른다는 막연한 생각이 들기 시작한다. 그 결과, 그 자리에 누구든 이해관계가 없는 다른 사람들이 있으면 그들이 자신의 비틀거리는 마음을 지지해주기를 기대하게 된다.

"터키, 자네는 어떻게 생각하나? 내가 옳지 않은가?"

"삼가는 마음으로 말씀드립니다만, 변호사님." 터키가 아주 담담한 어조로 말했다. "저는 변호사님이 옳다고 생각합니다."

"니퍼스. 자네는 어떻게 생각하나?"

"저는 저자를 사무실에서 내쫓아야 한다고 생각합니다."

(인식능력이 뛰어난 독자라면 여기서, 지금 때가 아침인지라 터키의 대답은 공손하고 차분하지만 니퍼스의 대답은 성마른 말투임을 감지할 것이다. 앞서 한 표현을 반복하자면, 니퍼스의 꼴사나운 기분이 발작중이었고 터키의 기분은 쉬고 있었다.)

"진저 너트." 나는 제일 하찮은 지지라도 기꺼이 내 편으로 넣으려고 말했다. "너는 어떻게 생각하니?"

"네, 변호사님. 저는 바틀비 씨가 살짝 돌았다고 생각합니다." 진저 너트가 싱긋 웃으며 대답했다.

"이들이 말하는 걸 들었을 테니, 이리 나와서 자네 의무를 다하게." 나는 칸막이 쪽으로 돌아서며 말했다.

하지만 그는 어떠한 대답도 베풀지 않았다. 나는 쓰라린 당혹감에 잠시 생각에 잠겼다. 하지만 또다시 업무가 나를 재촉했다. 나는 한 번 더 이 딜레마에 대한 생각을 나중에 시간이 날 때로 미루기로 했다. 약간 번거로웠지만 우리는 그럭저럭 바틀비 없이 서류 검증을 마쳤다. 터키가 한두 장마다 공손하게, 이런 작업 방식은 상례에서 벗어난다는 자신의 의견을 입 밖에 냈다. 한편 니퍼스는 소화불량으로 인한 신경과민으로 앉은 자리에서 들썩거렸다. 때때로 그의 꼭 다문 이 사이로 칸막이 뒤의 고집불통 멍청이에 대해 이를 갈며 욕하는 소리가 증기처럼 새어나왔다. 그(니퍼스)로서는 보수도 받지 않고 타인의 일을 하는 것은 이번이 처음이자 마지막이라는 것이었다.

그러는 동안 바틀비는 그의 은둔처에 앉아 있었다. 그곳에서 하는 그만의 별난 일 말고는 다른 일은 안중에도 없었다.

며칠이 지났다. 그동안 그 필경사에게는 오래 걸리는 또다른 작업이 주어졌다. 그가 전에 보였던 희한한 행태 때문에 나는 그의 거동을 주시했다. 내가 관찰한 바로는 그는 식사하러 나가는 일이 없었다. 사실 그는 아무 데도 가지 않았다. 내가 아는 한 그때까지 그가 사무실 밖으로 나가는 것을 한 번도 본 적이 없었다. 그는 구석의 영원한 초병이었다. 그런데 아침 열한시

쯤이면 진저 너트가 바틀비의 칸막이 입구를 향해 전진한다는 것을 알게 되었다. 마치 내가 앉은 곳에서는 보이지 않는 어떤 손짓에 의해 조용히 그리로 불려가는 듯했다. 그러면 그 사환 아이는 일 페니짜리 동전 몇 개를 짤랑거리며 사무실을 나갔다가 생강과자를 한 움큼 들고 다시 나타나 은둔처에 배달하고 수고의 대가로 과자 두 개를 받았다.

그렇다면, 바틀비는, 생강과자를 먹고 사는 거군. 나는 생각했다. 엄밀히 말하자면 그는 전혀 식사를 하지 않아. 그렇다면 채식주의자임에 틀림없어. 아니야, 채소조차도 먹는 적이 없는데. 생강과자 외에는 아무것도 먹지 않는다고. 나는 머릿속으로 생강과자만 먹고 살 경우 인체 구조에 어떤 영향을 미칠지 공상을 계속했다. 생강과자를 생강과자라고 부르는 이유는 생강이 특유의 성분 중 하나이며 궁극적인 맛을 내기 때문이야. 그런데 생강이 어떤 것인가? 자극적이고 싸한 맛이 나지. 바틀비가 자극적이고 싸한가? 전혀 그렇지 않아. 그렇다면, 생강은 바틀비에게 아무런 영향도 끼치지 못한 거야. 그는 필시 생강에 아무런 영향을 받지 않는 편을 택했겠지.

소극적인 저항처럼 열성적인 사람을 괴롭히는 것도 없다. 그 저항의 대상이 되는 사람의 성격이 비인간적이지 않다면, 그리고 저항을 하는 사람의 소극성이 전혀 무해하다면, 전자는 기분이 나쁘지 않을 경우 자신의 판단력으로 해결하기 불가능하다고 판명되는 것을 상상력으로 관대하게 추론하고자 애쓸 것이다. 그렇다고는 하나 나는 대체로 바틀비와 그의 태도를 존중했다. 가엾은 친구로군! 나는 생각했다. 그는 악의가 없어. 무례하게 굴려는 의도가 없는 건 분명해. 그의 용모를 보면 그의 기행들이 본의가 아님을 충분히 알 수 있지. 그는 내게 유용한 사람이야. 나는 그와 잘 지낼 수 있어. 내가 해고하면 그는 아마 덜 관대한 고용주를 만나겠지. 그러면 그는 무례한 취급을 받을 것이고, 어쩌면 굶어죽도록 비참하게 내몰릴지도 몰라. 그래. 나는 여기서 달콤한 자기승인을 값싸게 획득하는 거야. 바틀비의 친구가 되어주고, 그의 별난 옹고집에 장단을 맞춰준다고 해서 손해 볼 것은 없으니까. 그러면서 나는 궁극적으로 내 양심에 달콤한 양식이 될 것을 내 영혼에 비축하는 거지. 그러나 이런 내 기분이 불변하는 것은 아니었다. 나는 간혹 바틀비의 소극성 때문에 신경질이 났다. 이상하게도 나는 새로운 상황에서 그와 대립하여 화를 냄으로써 그에 상응하는 분노의 불꽃이 그에게도 일어나게 하도록 부추겨지는 기분이 들었다. 그러나 차라리 내 손마디를 윈저* 비누 조각에 비벼 불을 붙이려 하는 것이 더 나았을지도 모른다. 그런데 어느 날 오후, 내 안의 악한 충동이 나를 지배했고 다음과 같은 사소한 소동이 벌어졌다.

"바틀비. 그 서류들을 모두 필사하면 내가 자네와 함께 검증하겠네."

"안 하는 편을 택하겠습니다."

---

* 향기가 나는 비누의 상품명이다.

"어째서? 설마 계속 그 노새 같은 기행을 고집하겠다는 건 아니겠지?"

묵묵부답이었다.

나는 옆에 있는 접문을 열어젖혔다. 그리고 터키와 니퍼스를 향해 흥분해서 소리쳤다.

"바틀비가 서류를 검증하지 않겠다고 하는데, 이번이 두번째야. 터키, 자네는 어떻게 생각하나?"

때는 오후였음을 기억해야 한다. 터키는 황동 보일러처럼 홍조를 띠고 앉아 있었다. 그의 대머리에서는 김이 났고 양손은 얼룩이 묻은 서류들 속에서 흐느적거렸다.

"생각이라뇨?" 터키가 고함을 질렀다. "그냥 저 칸막이 뒤로 가서 저자의 눈에 멍을 들여놓겠어요!"

그렇게 말하면서 터키는 자리에서 벌떡 일어나 양팔을 내밀어 권투하는 자세를 잡았다. 그가 약속을 서둘러 실행하려는 순간, 나는 경솔하게도 터키의 오찬 후의 호전성을 부채질한 결과에 깜짝 놀라 그를 제지했다.

"터키, 앉게. 니퍼스는 뭐라고 하는지 들어보세. 니퍼스, 자네는 어떻게 생각하나? 내가 바틀비를 즉각 해고하는 것이 당연하지 않겠는가?"

"변호사님, 실례지만, 그건 변호사님이 결정하실 문제입니다. 바틀비의 행동이 확실히 비정상적이고, 터키와 저를 생각하면 사실 불공평하지만, 그냥 지나가는 변덕일지 모릅니다."

"아!" 나는 소리쳐 말했다. "그럼 자네는 이상하게도 마음을 바꾼 게로군. 지금은 바틀비에 대해 아주 관대하게 말하니 말이야."

"그건 순전히 맥주 탓이에요." 터키가 큰 소리로 말했다. "관대한 건 맥주 기운 때문이에요. 니퍼스와 제가 오늘 함께 식사를 했거든요. 제가 얼마나 관대한지 아시잖아요, 변호사님. 제가 가서 그의 눈에 멍을 들여놓을까요?"

"'그'라는 건 바틀비를 지칭하는 거겠지. 아니, 터키, 오늘은 아냐. 제발 그 주먹 좀 내리게."

나는 접문을 닫고 다시 바틀비를 향해 전진했다. 운명에 도전하도록 또 한번 부추김당하는 기분이었다. 나는 다시 저항의 대상이 되기를 열망했다. 나는 바틀비가 결코 사무실을 나선 적이 없다는 점을 상기했다.

"바틀비. 진저 너트가 없는데 자네가 우체국에 좀 다녀오지 않겠나? (걸어서 삼 분 거리였다.) 가서 내게 배달 온 게 있나 좀 보게."

"안 하는 편을 택하겠습니다."

"안 하겠다고?"

"안 하는 편을 택한다고요."

나는 비틀거리며 자리로 돌아와 앉아 깊은 생각에 잠겼다. 나의 맹목적인 고집이 다시 고개를 들었다. 이 깡마르고 무일푼인 인간, 내게 고용된 이 사원에게서 수치스럽게 거부당할 수 있는 게 또 뭐가 있을까? 전적으로 이

치에 맞지만 그가 틀림없이 거절할 일이 또 뭐가 있을까?

"바틀비!"

대답이 없었다.

"바틀비." 나는 더 큰 소리로 불렀다.

대답이 없었다.

"바틀비." 나는 고함을 질렀다.

강신술에 응하는 진짜 유령처럼 바틀비는 세번째 부름에 그의 은둔처 입구에 모습을 드러냈다.

"옆방에 가서 니퍼스 좀 이리 오라고 하게."

"안 하는 편을 택하겠습니다." 그는 천천히 공손하게 말하고 살며시 사라졌다.

"좋아, 바틀비." 나는 끔찍한 응보가 바로 그의 코앞에 닥쳤으며 이 계획은 변경될 수 없음을 암시하는, 담담하면서도 엄하고 냉정한 어조로 조용히 말했다. 그때 나는 어느 정도 그 같은 응보를 가할 마음이 있었다. 그러나 저녁식사 시간이 다가오고 있었고 정신적인 고통과 혼란으로 힘들었기 때문에, 전반적으로 볼 때 그날은 그냥 모자를 쓰고 집에 가는 것이 좋겠다고 생각했다.

내가 그걸 인정해야 할까? 이 모든 일의 결론이, 바틀비라는 이름의 핼쑥한 젊은 필경사와 그의 책상이 짧은 시간 안에 내 사무실의 움직일 수 없는 현실이 되었다는 것, 그가 폴리오(백 자)당 사 센트라는 통상적인 필사료를 받고 일하지만 자신의 필사본을 검증하는 일에서 영구히 면제되었다는 것, 그 의무가 터키와 니퍼스에게 그들의 월등한 예리함에 대한 경의의 표시처럼 전가되었다는 것, 더욱이 심부름이라면 어떤 것이든 가장 사소한 것도 전술한 바틀비에게 시킬 수 없다는 것, 그런 일을 해달라고 간청해도 그는 안 하는 편을 택하겠다고 말하리라는 것, 다시 말해 *그가 딱 잘라 거절하리라는* 걸 모두가 받아들였음을 말이다.

시간이 흐르면서 나는 바틀비에 대해 적잖게 마음이 풀렸다. 그의 안정성, 어떤 유흥도 즐기지 않는 점, 부단한 근면(단 칸막이 뒤에 선 채로 공상에 잠기는 편을 택하는 때는 제외하고), 놀라운 침묵, 어떤 경우에도 변함없는 몸가짐 때문에 그는 내가 획득한 귀중한 인물이었다. 가장 중요한 한 가지는 그가 항상 그곳에 있었다는 것, 아침에 제일 먼저 와 있고, 하루종일 꾸준히 자리를 지키고, 밤에도 제일 마지막까지 남아 있다는 것이었다. 내게는 그의 정직함에 대한 남다른 신뢰가 있었다. 매우 중요한 문서가 그의 손에 있으면 더할 나위 없이 마음이 놓였다. 물론 때로는 내 영혼을 걸어야 한다 해도 돌연 그에 대해 발작적인 분노가 이는 것을 피할 수 없었다. 내 사무실에 머물면서 바틀비 자신이 정한 암묵적인 조건들, 이 조건들을 이루는 그 모든 괴벽, 특권, 전례가 없는 의무의 면제 등을 항상 염두에 두기가 대단히 어려웠기 때문이다. 나는 이따금 급한 일을 빨리 처리하고 싶은 마음에 무심코 빠르고 짧게 바틀비를 불렀다. 가령, 붉은색 테이프로 서류 뭉치를 묶으려던 참에 그에게 한쪽을 손으로 좀 눌러달라고 한 일이 있었다. 칸막이 뒤에서 통상적인 대답이 나왔음은 물론이다. "안 하는 편을 택하겠습니다." 인간 본성에 공통된 결점을 지닌 사람이라면 어찌 그런 비뚤어진 옹고집에 직면해서, 또 그런 무분별을 보고 격렬히 항의하지 않을 수 있겠는가. 하지만 내가 받은 그런 유의 거절은 매번 더해질 때마다 내가 그런 부주의를 반복할 확률을 줄이는 데 공헌할 뿐이었다.

여기서 말해두어야 할 것이 있다. 사람들이 많이 모이는 법조인 건물에 사무실을 둔 변호사들이 대부분 그러하듯 내 사무실 열쇠도 여러 개 있었다. 그중 하나는 옥탑방에 사는 한 여자가 가지고 있었다. 그 여자는 내 사무실을 매일 비로 쓸고 먼지를 털어주고 주에 한 번은 물청소를 해주었다. 또 하나는 편의를 위해 터키가 보관했다. 다른 하나는 간혹 내가 주머니에 넣고 다녔다. 네번째 열쇠는 누가 가졌는지 나는 알지 못했다.

어느 일요일 아침, 나는 어느 유명한 목사의 설교를 들으러 트리니티 교회에 가게 되었다. 도착하고 보니 조금 이른 시간이어서 잠깐 사무실에 들러야겠다고 생각했다. 다행히 내게 열쇠가 있었다. 그런데 자물쇠에 꽂을 때 방 안쪽에서 삽입된 무언가가 내 열쇠를 막고 있다는 걸 알게 됐다. 나는 깜짝 놀라서 소리를 질렀다. 그때 놀랍게도 안쪽에서 다른 열쇠가 돌아갔다. 그리고 갸름한 얼굴을 쑥 내밀며 살짝 열린 문을 잡은 채로 바틀비가 유령처럼 나타났다. 셔츠를 입었지만 그 외에는 묘하게 너덜너덜한 간이복 차림이었다. 죄송하지만 지금 마침 매우 바빠서, 그래서…… 나를 당장은 들이지 않는 편을 택하겠다고 그가 조용히 말했다. 게다가 그는 나더러 건물 주변을 좀 걸어다니다 오는 게 좋을 것 같으며, 내가 돌아올 때쯤이면 아마 자신이 용무를 마쳤을 것이라고 한두 마디 짧게 덧붙였다.

일요일 아침, 내 변호사 사무실에 기거하는 바틀비, 그러면서도 신사처럼 흐트러짐 없지만 주검 같은 느낌을 주는 확고하고 침착한 바틀비, 전혀 예상하지 못했던 이 바틀비의 출현은, 내가 다름 아닌 내 사무실 문전에서 그대로 슬그머니 물러가, 그가 원하는 대로 했을 만큼 내게 이상한 영향을 미쳤다. 하지만 이 수수께끼 같은 필경사의 온순한 뻔뻔함에 대항해 무기력한 반항심이 불쑥 일어나 쑤셔댔기 때문에 이런저런 고통이 없지는 않았다. 사실 나의 적개심을 해제한 것은, 말하자면 나를 거세한 것은 주로 그의 훌륭한 온순함이었다. 왜냐하면 내가 보기엔, 자신이 고용한 사원이 자신에게 지시를 하고 또 다름 아닌 자신의 사무실에서 나가 있으라는 명령을 하도록 묵묵히 내버려두는 사람이라면, 그 순간 거세된 것이나 다름없기 때문이다. 더욱이 나는 바틀비가 일요일 아침에 내 사무실에서 셔츠 바람으로, 그것 말고는 거의 아무것도 입지 않은 채 도대체 무엇을 하고 있었을까 하는 생각에 마음이 몹시 불편했다. 무언가 온당치 않은 일이 벌어지고 있었을까? 아니, 그럴 리는 없었다. 바틀비가 부도덕한 사람이라는 것은

절대로 생각할 수 없었다. 그렇지만 그는 거기서 무얼 하고 있었을까? 필사를? 그것도 아니었다. 그의 기행이 어떠하든 바틀비는 대단히 품행이 단정한 사람이었다. 그는 절대로 거의 벗은 상태로 책상에 앉을 사람이 아니었다. 게다가 그날은 일요일이었다. 바틀비에게는 그가 세속적인 이유로 그날의 예법을 어기리라고 추측할 수 없게 하는 무언가가 있었다.

그럼에도 내 마음은 진정되지 않았다. 끊임없는 호기심에 가득찬 채 이윽고 나는 사무실 문 앞에 돌아와 섰다. 열쇠는 막힘없이 들어갔다. 나는 문을 열고 사무실에 들어갔다. 바틀비는 보이지 않았다. 나는 조마조마한 마음으로 사무실을 둘러보았다. 그의 칸막이 뒤를 슬쩍 들여다보았다. 그가 없는 게 분명했다. 나는 그곳을 좀더 면밀히 살펴보았다. 그리고 곧 바틀비가 언제부터인가 내 사무실에서 먹고 입고 잤음에 틀림없다고 추측했다. 그것도 접시나 거울, 침대도 없이 말이다. 한쪽 구석에 있던 상태가 시원찮은 낡은 소파의 쿠션에 야윈 형체가 누웠던 희미한 흔적이 있었다. 나는 책상 밑에 돌돌 말아 치워둔 담요를 발견했다. 비어 있는 난로의 쇠살대 밑에는 구두약 상자와 구둣솔이, 의자 위에는 비누와 해진 수건이 담긴 양철 대야가 있었다. 그리고 생강과자 부스러기와 약간의 치즈가 신문지에 싸여 있었다. 그래, 바틀비가 사무실을 독차지하고 여기서 혼자 살았던 게 분명하군. 그러자 곧 이런 생각이 강하게 밀어닥쳤다. 그는 비참할 정도로 친구가 없고 외롭구나! 그의 빈곤은 극심하지만, 그의 고독은, 그건 정말 끔찍해! 한번 생각해보라. 일요일의 월 스트리트는 페트라*처럼 버려진 곳이다. 그리고 매일 밤, 그곳은 공허 그 자체다. 이 건물도 주중에는 일과 삶으로 법석거리지만 밤이 되면 철저한 공허가 울려퍼진다. 그리고 일요일 내내 버려진다. 이런 곳에 바틀비가 거주한다. 사람들로 붐비다가 쓸쓸해진 광경을 홀로 지켜보는 바틀비—그는 카르타고의 폐허 가운데 침울한 생각에 잠긴, 결백하고 변화한 모습의 마리우스**였다!

　난생처음 나는 감당할 수 없을 정도로 가슴 아린 우수에 사로잡혔다. 지금까지는 기분 나쁘지 않을 정도의 슬픔밖에 겪어보지 못했다. 보편적 인간성이라는 유대가 이제 나를 저항할 수 없이 끌어당겨 나는 우울해졌다. 형제로서의 우수! 바틀비와 나는 아담의 아들들이었다. 성장을 하고 미시시피강을 미끄러지듯 나아가는 백조처럼 그날 브로드웨이를 오가던 화사한 실크 옷들과 활기찬 얼굴들이 머릿속에 떠올랐다. 나는 그 광경을 핼쑥한 필경사와 대조해보았다. 그리고 속으로 중얼거렸다. 아, 행복은 빛을 유혹하지. 그래서 우리는 세상이 즐겁다고 생각해. 반면 불행은 멀리 숨어 있지. 그래서 우리는 불행이 없다고 생각하고. 이 슬픈 공상들은—물론 병적

---

* 요르단 남서쪽에 위치한 고대의 도시. 로마제국에 정복돼 폐허가 되었다.
** 고대 로마의 장군. 술라의 군대에 맞서 싸우다가 패주하여 아프리카로 탈출함. "카르타고의 폐허 가운데" 앉아 있다는 서신을 로마에 보냄. 화가 존 밴덜린이 이 장면을 그림으로 남기기도 했다.

이고 어리석은 머리의 망상이지만—바틀비의 기행과 관련해서 좀더 특별한 다른 생각으로 이어졌다. 나는 이상한 발견을 할 것 같은 예감에 휩싸였다. 입관되기 전, 파르르 떨리는 수의에 감겨 무정한 낯선 이들 가운데 누워 있는 필경사의 핼쑥한 형체가 보였다.

불현듯 나는 서랍이 닫힌 바틀비의 책상에 이끌렸다. 자물쇠에 꽂혀 있는 열쇠가 보였다.

나는 생각했다. 나는 나쁜 짓을 하려는 게 아니야. 몰인정한 호기심을 채우려는 것도 아니야. 게다가 책상은 내 것이라고. 이 안에 든 것도 내 것이지. 그러니까 나는 내 맘대로 이 안을 들여다보겠어. 모든 것이 질서정연하게 배열되어 있었고, 종이는 차곡차곡 정돈되어 있었다. 정리함의 칸들이 깊었다. 나는 정리함에서 서류철들을 꺼내고 그 안의 깊숙한 곳을 더듬어보았다. 그러자 바로, 거기서 무언가가 느껴졌다. 그것을 끄집어냈다. 낡고 큰 손수건이었다. 무겁고 묶여 있었다. 풀어보니 저금통이 있었다.

그 순간 나는 그동안 주목해온 그의 모든 은밀한 수수께끼들을 떠올려보았다. 그는 대답 외에 절대로 다른 말은 하지 않았다. 이따금 혼자만의 시간을 꽤 갖곤 했지만 그가 무언가를 읽는 모습을 나는 한 번도 보지 못했다. 신문조차도 읽지 않았다. 그는 칸막이 뒤의 어슴푸레한 창 앞에 한참을 서서 죽은 벽돌 벽*을 내다보곤 했다. 나는 그가 매점이든 음식점이든 가지 않는다고 굳게 확신했다. 게다가 창백한 얼굴은 그가 터키처럼 맥주를 마시지도 않고 다른 사람들처럼 차나 커피조차도 마시지 않는다는 걸 분명히 보여줬다. 그는 내가 아는 한에서는 특별히 어디를 가는 적이 없었다. 산책을 나간 적도 없었다. 그가 지금 실제로 산책 나간 게 아니라면 그렇다. 그는 자신이 누구인지, 어디에서 왔는지 혹은 도대체 친척이라도 있는지 말하기를 거부했다. 그렇게 야위고 핼쑥하지만 건강이 안 좋다는 말은 한 적이 없었다. 그리고 무엇보다 그에게는 생기 없는…… 뭐랄까…… 생기는 없지만 오만한 무의식적인 태도라고나 할까, 엄격히 자제하는 면모라고나 할까 그런 게 있다는 게 떠올랐다. 분명 나는 그 분위기에 눌려 그의 기행에 순순히 동조하게 된 것이다. 한참 동안 기척이 없는 것으로 미루어 그가 칸막이 뒤에서 그 칙칙한 벽을 보고 공상을 하며 서 있으리라는 걸 알면서도 나는 아주 사소한 잡일조차도 그에게 부탁하기가 두려워졌던 것이다.

　나는 그 모든 점을 곰곰이 되새겨보았다. 그가 내 사무실을 일정한 거주지이자 집으로 삼았다는 사실, 조금 전에 발견한 이 사실을 그 모든 점과 결부해 생각해보았다. 또한 그의 병적인 침울함도 잊지 않았다. 이 모든 것을 이리저리 생각하는 동안 타산적인 기분이 나를 엄습했다. 내가 최초로 느꼈던 감정은 순전한 우울과 진심어린 동정심이었다. 그러나 바틀비의 쓸쓸함이 내 상상 속에서 점점 커져갈수록, 그만큼 바로 그 우울은 두려움으로,

---

* '죽은 벽'은 창이 없는 벽을 뜻한다.

그 동정심은 혐오감으로 녹아들었다. 비참함에 대한 생각이나 비참한 광경은 어느 선까지는 우리에게 가장 선한 감정을 불러일으키지만, 몇몇 특별한 경우 그 선을 넘어서면 그렇지 않다는 것은 너무나 자명한 동시에 끔찍한 진실이다. 그 이유가 예외 없이 인간의 마음이 선천적으로 이기적인 탓이라고 단언하는 사람이 있다면 그는 우를 범하는 것이다. 오히려 그것은 과도한 구조적 악을 고칠 희망이 없다는 데 기인한다. 감수성이 예민한 사람에게 동정심은 때로 고통이다. 그리고 마침내 그런 동정심이 효과적인 구제로 이어지지 못한다는 것을 깨달으면 상식은 영혼에게 동정심을 떨치라고 명한다. 그날 아침에 본 것으로 인해 나는 그 필경사가 선천적인 그리고 치유할 수 없는 장애의 희생자라고 확신하게 되었다. 내가 그의 육신에 물질적인 원조를 줄 수 있겠지만 그에게 고통을 주는 것은 육신이 아니었다. 고통받고 있는 것은 그의 영혼이었으며 나는 그의 영혼에 닿을 수 없었다.

그날 아침 나는 트리니티 교회에 가려던 목적을 이루지 못했다. 어찌된 일인지 내가 본 것들로 인해 나는 그때 교회에 설교를 들으러 갈 이유를 상실했다. 나는 바틀비를 어떻게 할지 생각하며 집까지 걸었다. 드디어 나는 결심했다. 내일 아침 그의 개인사에 대해서 차분하게 물어봐야겠어. 그런데 만일 그가 대놓고 그리고 거리낌없이 대답하기를 거부하면(그는 안 하는 편을 택하겠다고 하겠지) 그에게 지불할 임금에 이십 달러를 얹어주고 이제 더이상 그의 손이 필요하지 않다고 말해야지. 하지만 내가 달리 도울 수 있는 게 있으면 기꺼이 그러겠다는 말도 해야지. 특히 그가 고향으로 돌아가기 원한다면, 그곳이 어디든, 기꺼이 그를 위해 그 비용을 부담하겠노라고 말이야. 게다가 그가 고향에 돌아간 후에 언제든 원조가 필요한 상황이 생기면 편지를 보내라고, 그러면 틀림없이 그에 응답하겠다고 말해야겠어.

다음날 아침이 되었다.

"바틀비." 나는 칸막이 뒤에 있는 그를 부드럽게 불렀다.

아무런 대답이 없었다.

"바틀비." 나는 더욱 부드러운 어조로 말했다. "이리 좀 오게. 자네가 안 하는 편을 택하겠다는 일을 시키려는 게 아니야. 그냥 자네와 이야기를 좀 하고 싶네."

이 말에 그가 어느새 소리 없이 모습을 드러냈다.

"바틀비, 자네의 출생지가 어딘지 말해주겠나?"

"안 하는 편을 택하겠습니다."

"자네에 대해 무엇이든 아무거나 말해주겠나?"

"안 하는 편을 택하겠습니다."

"아니, 어떤 합리적인 이유에서 내게 말하기를 거부하지? 나는 자네에게 우호적인 기분인데."

내가 말하는 동안 그는 나를 쳐다보지 않고 내 키케로 흉상에 시선을 고정했다. 키케로 흉상은 그때 내가 앉은 자리 바로 뒤, 내 머리에서 육 인치 정도 위에 있었다.

"바틀비, 대답 좀 해보게." 나는 한참을 기다린 끝에 말했다. 그동안 그의 표정은 조금도 달라지지 않았다. 다만 그의 창백하고 가는 입술이 지극히 희미하게 떨릴 뿐이었다.

"지금은 아무런 대답을 하지 않는 편을 택하겠습니다." 그가 말했다. 그리고 그는 자신의 은둔처로 물러갔다.

내가 다소 약했다는 것은 인정한다. 하지만 나는 그때 그의 태도에 짜증이 났다. 그 속에 경멸이 숨겨져 있는 듯했다. 그뿐 아니라 내가 그에게 베푼 부인할 수 없이 좋은 대우와 특전을 고려하면, 그의 비뚤어진 고집은 배은망덕한 것이었다.

나는 다시 어떻게 해야 할지 곱새기며 앉았다. 그의 행동에 굴욕감을 느꼈지만 그리고 그를 해고하겠다는 결심을 하고 사무실에 들어갔지만, 이상하게도 미신적인 무언가가 내 가슴을 두드리는 느낌이 들었다. 그것은 내가 계획한 것을 실행하지 말라는 듯했고, 내가 만일 모든 인간 중에 가장 쓸쓸한 이 사람에게 감히 한마디라도 모진 말을 내뱉기라도 하면 악한으로 매도되리라는 듯했다. 마침내 나는 스스럼없이 내 의자를 그의 칸막이 뒤로 끌고 가 앉은 다음 말했다. "바틀비, 그럼 자네의 개인사를 밝히는 건 없던 일로 하세. 하지만 친구로서 자네에게 간곡히 부탁하네만, 이 사무실의

상례만큼은 따라주게. 자 말해보게. 내일이나 모레부터는 서류 검증을 돕겠다고. 요컨대, 하루나 이틀 후부터는 좀더 합리적인 사람이 되겠다고 지금 말하게…… 바틀비, 그러겠다고 말하게."

"지금은 좀더 합리적인 사람이 되지 않는 편을 택하겠습니다." 이것이 주검같이 맥없고 침울한 그의 대답이었다.

바로 그때 접문이 열리고 니퍼스가 다가왔다. 그는 간밤에 평소보다 더욱 심한 소화불량으로 유난히 잠을 설친 탓에 괴로운 듯했다. 그가 바틀비의 마지막 말을 엿들었다.

"않는 편을 택한다고?" 니퍼스가 이를 갈며 말했다. "변호사님, 제가 변호사님이라면 그가 택하게 하겠습니다." 이번에는 나를 향해 말했다. "그에게 우선권*을 주는 편을 택하겠다고요. 저 고집불통 노새에게 우선권을! 변호사님, 지금 그가 안 하는 편을 택한다는데 그게 뭐죠?"

바틀비는 손발 하나 까딱하지 않았다.

"미스터 니퍼스." 나는 니퍼스에게 말했다. "나는, 자네가 지금은 물러나 있는 편을 택하겠네."

---

* preference. 그가 당연히 받을 것을 빨리 받게 하겠다는 뜻. 파산한 채무자에게 남은 것을 채권자에게 분배할 때의 우선권을 뜻하며 동사형 'prefer'에는 '선호하다' 혹은 '택하다'라는 의미 외에 '특정 채권자에게 우선권을 주다'라는 뜻도 있어 여기서는 언어유희로 쓰이고 있다. 한편 니퍼스는 '혼쭐을 내다' 혹은 '입 닥치게 하다'라는 말에 대한 점잖은 표현으로 삼고 있다.

어찌된 일인지 나는 최근에 딱히 적절하지 않은 온갖 경우에 나도 모르게 "택한다"는 말을 사용하는 습관이 들었다. 그 필경사와의 접촉이 이미 내 정신에 심각한 영향을 미쳤다는 생각이 들자 나는 걱정이 되었다. 그로 인해 더욱 심한 다른 비정상이 나타나지 않으리라고 어찌 장담할 수 있겠는가? 이 걱정은 내가 즉각적인 수단을 취하게 하는 데 효과가 없지 않았다.

매우 언짢고 부루퉁한 얼굴로 니퍼스가 자리를 뜨자 터키가 덤덤하고 공손하게 다가왔다.

"변호사님, 삼가는 마음으로 말씀드립니다만, 어제 제가 여기 바틀비에 대해 생각을 해봤는데요. 그가 매일 좋은 에일 맥주를 한 잔씩 마시는 편을 택하기만 하면, 그를 바로잡고, 그가 자신의 서류를 검증하게 하는 데 큰 기여를 할 것이라고 생각합니다."

"그러니까 자네도 그 말을 입에 담는군." 나는 약간 흥분해서 말했다.

"변호사님, 삼가는 마음으로 말씀드립니다만, 무슨 말을요?" 터키가 칸막이 뒤의 비좁아진 공간으로 정중히 비집고 들어오며 물었다. 그 바람에 나는 바틀비를 떠밀게 되었다. "무슨 말을요, 변호사님?"

"저는 여기 혼자 있는 편을 택하겠습니다." 자신의 사적 공간을 떼로 습격받아 불쾌한 듯 바틀비가 말했다.

"바로 저 말이야, 터키, 바로 저거라고."

"아, 택한다는 말이요? 아, 그렇죠…… 이상한 말이죠. 저는 그 말을 절대로 쓰지 않는데요. 하지만, 변호사님, 제가 말하려던 것은 말입니다. 만일 그가 매일 좋은 에일 맥주를 한 잔씩 마시는 편을 택하기만 하면……"

"터키." 나는 그의 말을 끊었다. "제발 좀 물러가 있게."

"아, 알겠습니다, 변호사님. 변호사님이 제가 그래야 한다는 편을 택하신다면야."

터키가 물러가며 접문을 여는 순간, 책상에 앉은 니퍼스가 나를 흘끗 쳐다보았다. 그리고 그는 어떤 서류를 파란색 종이와 흰색 종이 중 어느 편을 택해 필사해야 할지 내게 물었다. 그는 택한다는 말을 힘주어 말할 정도로 짓궂지 않았다. 무심결에 그 말이 흘러나왔음이 분명했다. 나는 속으로 생각했다. 나는 당연히 미친 사람을 제거해야 해. 그가 사원들이나 나의 머리를 돌게 하지는 않았지만 이미 어느 정도 모두의 말씨를 바꾸어놓았어. 하지만 나는 그 자리에서 즉시 해고를 알리지 않는 것이 현명하다고 생각했다.

다음날 나는 바틀비가 아무것도 안 하고 그의 창 앞에서 면벽 공상에 잠겨 있는 것을 알아챘다. 필사를 하지 않는 이유가 무엇이냐는 물음에 그는 더이상 필사하지 않기로 했다고 말했다.

"아니, 어째서?" 내가 외쳤다. "더이상 필사하지 않겠다고?"

"네."

"이유가 뭐지?"

"그 이유를 스스로 보지 못하시나보네요." 그가 냉담하게 대답했다.

나는 그에게서 시선을 떼지 않았다. 그리고 그의 눈이 흐릿하고 멍해 보이는 것을 알아챘다. 그 순간, 그가 나와 함께 지낸 첫 몇 주 동안 침침한 창가에서 비할 데 없이 근면하게 필사를 해서 그의 시력이 나빠졌을지 모른다는 생각이 들었다.

가슴이 뭉클해졌다. 나는 그에게 위로의 말을 해주었다. 그가 한동안 필사를 하지 않기로 한 것은 당연히 현명한 처사라는 것을 암시했다. 나는 그에게 이 기회를 놓치지 말고 건강을 위해 밖에 나가 운동할 것을 권했다. 하지만 그는 이것도 하지 않았다. 그 일이 있고 며칠 뒤, 다른 사원들이 모두 부재중인 상황에서 편지 몇 통을 우편으로 급히 부쳐야 할 일이 생겼다. 나는 바틀비가 다른 할 일이 전혀 없으므로 평소와는 달리 융통성을 보여 우체국에 편지를 부치러 가리라고 생각했다. 그러나 그는 단호히 거절했다. 그래서 무척 성가셨지만 내가 직접 갔다.

추가로 며칠이 더 흘렀다. 바틀비의 눈이 호전되었는지 아닌지는 알 수 없었다. 언뜻 보기에 호전된 것 같았다. 하지만 그는 내가 물어봐도 대답을 베풀어주지 않았다. 아무튼 그는 필사를 하려 하지 않았다. 결국 여러 차례 거듭된 나의 재촉에 그는 필사를 완전히 그만두었음을 알렸다.

"뭐! 자네의 눈이 완전히 낫는다고 해도, 아니 그전보다 더 좋아진다고 해도, 그래도 필사를 하지 않으려는 건가?"

"저는 필사하는 일을 그만두었습니다." 그렇게 대답하고 그는 슬그머니 옆으로 비켰다.

　그는 변함없이 자기 자리에 머물렀다. 내 사무실의 붙박이였다. 아니, 그는 전보다 더—그것이 가능하기나 하다면—붙박이가 되었다. 어떻게 해야 하지? 그는 사무실에서 아무것도 하지 않으려 해. 그런데 왜 거기에 계속 있어야 하지? 명백한 사실은 이제 그는 내게, 목걸이로 쓸 수 없을 뿐 아니라 감당하기도 괴로운, 맷돌이 되어 있었다는 것이다. 그럼에도 불구하고 나는 그에게 동정이 갔다. 내가 그를 위해서만 근심했다고 하면 진실을 말한다고 할 수 없다. 그가 단 한 사람이라도 친척이나 친구의 이름을 댔더라면, 나는 바로 편지를 써서 그 가엾은 친구를 적절한 요양소에 데려가라고 권했을 것이다. 그러나 그는 혼자인 듯했다. 우주에서 철저하게 혼자인 듯했다. 대서양 한복판의 난파선 조각이었다. 마침내 변호사업과 관련된 필요가 다른 모든 사정 위에 군림했다. 나는 엿새의 시간을 주고 바틀비에게 무조건 자리를 비우라고 최대한 예를 갖춰 말했다. 그동안 다른 거처를 구할 조치를 취하라고 통고했다. 그가 사무실을 나가기 위한 첫 행동을 취하기만 하면 다른 거처를 구하는 일은 내가 도와주겠다고 했다. 그리고 덧붙여 말했다. "그리고 바틀비, 자네가 마침내 여기를 떠날 때 완전히 빈손으로 떠나지 않도록 해주겠네. 이 시간 이후로 엿새일세. 기억하게."

　그 기간이 만료되었을 때, 나는 칸막이 뒤를 살며시 들여다보았다. 그랬더니, 헉! 바틀비가 거기에 있었다.

　나는 코트 단추를 끝까지 채우고 몸의 중심을 잡았다. 그리고 천천히 그를 향해 나아가 그의 어깨를 건드리고 말했다. "시간이 다 되었네. 자네는 여기를 떠나야 해. 여기 돈이 있네. 미안하네만 자네는 가야 하네."

　"그러지 않는 편을 택하겠습니다." 그가 등을 돌린 채로 대답했다.

　"그래야 하네."

　그는 침묵을 지켰다.

　내게는 이 사람의 평범한 정직성에 대한 무한한 신뢰가 있었다. 그는 내가 부주의해서 바닥에 흘린 육 펜스짜리나 일 실링짜리 동전들을 자주 주워 돌려주었다. 나는 그런 하찮은 것들에 대해서는 매우 부주의한 경향이 있다. 그러니 다음과 같은 처사가 의외라고 생각되지 않을 것이다.

　"바틀비, 자네의 필사료로 십이 달러를 줄 게 있네. 여기 삼십이 달러일세. 나머지 이십 달러도 자네 것이야…… 받지 않겠나?" 그리고 나는 그에게 지폐를 내밀었다.

　하지만 그는 꿈쩍도 하지 않았다.

　"그럼 돈을 여기에 놓겠네." 나는 돈을 책상에 놓고 그 위에 문진을 얹었다. 그런 다음 모자와 지팡이를 집어들고 문 쪽으로 가다가 조용히 돌아서서 덧붙였다. "바틀비, 사무실에서 자네의 물건들을 다 치우고 나면 당연히 사무실 문을 잠그겠지…… 이제 자네 말고는 모두 퇴근했으니 말일세……

그리고 열쇠는 내가 아침에 꺼낼 수 있도록 문 앞 매트 밑에 살짝 넣어두게. 다시 볼 일이 없겠군, 잘 가게. 이다음에 새로운 거처에서 내가 자네에게 도움이 될 수 있는 일이 있으면 편지로 꼭 알려주게나. 잘 가게, 바틀비, 자네에게 좋은 일이 있기 바라겠네."

그러나 그는 한마디도 하지 않았다. 폐허가 된 사원에 남은 마지막 기둥인 양, 그만 없으면 버려질 방의 한복판에 그는 말 못하는 사람처럼 그대로 홀로 서 있었다.

나는 수심에 잠겨 집을 향해 걸었다. 이때 나의 자기만족이 동정심을 이겼다. 바틀비를 쫓아내는 나의 대가다운 관리능력을 스스로 자랑스럽게 생각하지 않을 수 없었다. 내가 대가답다고 했는데, 사사로운 감정에 좌우되지 않는 제삼자라면 누구에게든 그렇게 보일 것임에 틀림없다. 내 처사의 묘미는 완벽한 침착함에 있는 듯했다. 저속한 위협도, 어떤 유의 허세도, 성마른 고함 소리도 없었다. 바틀비에게 거지 같은 짐이나 챙겨 나가라는 격렬한 호령을 툭툭 내뱉으면서 방을 가로질러 이리저리 성큼성큼 걷는 일도 없었다. 그런 일은 전혀 없었다. 나는 바틀비에게 큰 소리로 나가라고 명하지 않았다. 열등한 천재는 그랬겠지만 말이다. 그 대신 나는 그가 틀림없이 떠날 거라는 가정하에 내가 해야 할 말을 차곡차곡 쌓았다. 곰곰이 생각하면 할수록 나는 내 처사에 매료되었다. 그렇지만 다음날 아침에 눈을 뜨자 미심쩍은 생각이 들었다. 어쩐 일인지 자고 일어나니 자기만족의 취기에서 깨어난 것이다. 사람이 가장 냉철하고 현명해지는 시간대 중 하나는 아침에 잠이 깨고 난 직후이다. 내 처사는 변함없이 분별 있는 듯했지만, 이론적으로만 그런 것 같았다. 실제로 그 결과가 어떨지, 그것이 문제였다. 바틀비가 떠나리라고 가정한 것은 확실히 기분좋은 생각이었다. 하지만 그 가정은 결국 순전히 나 혼자 정한 것이며, 바틀비 자신은 전혀 상관이 없었다. 핵심은, 그가 나를 떠나리라는 가정을 내가 했느냐 안 했느냐의 문제가 아니라, 그가 그렇게 하는 편을 택할 것이냐 하는 것이었다. 그는 가정보다는 선택과 관계있는 사람이었다.

아침식사를 한 뒤, 나는 찬반양론의 확률을 추론하며 다운타운*을 향해 걸었다. 그 일이 처참한 실패로 판명 나리라는 생각, 따라서 바틀비가 변함없이 사무실에 건재해 있으리라는 생각이 드는가 하면, 곧이어 틀림없이 그의 자리가 비어 있는 것을 볼 것 같은 생각이 들기도 했다. 그렇게 나는 계속 갈팡질팡했다. 나는 브로드웨이와 커널 스트리트가 만나는 모퉁이에서 한 무리의 사람들이 꽤나 흥분해서 심각하게 이야기하며 서 있는 것을 보았다.

"나는 성공하지 못한다는 쪽에 걸겠네." 그 옆을 지나가는데 누가 말하는 게 들렸다.

---

* 일반적으로 뉴욕 맨해튼의 14번가를 중심으로 남쪽 지역을 일컫는다. 월 스트리트는 이 다운타운에 있다.

"못한다고? 좋아! 어서 돈을 걸게." 내가 말했다.

그러고는 본능적으로 내가 걸 돈을 꺼내기 위해 호주머니에 손을 넣었다. 그 순간 그날이 선거일이라는 게 생각났다. 내가 귓결에 들은 말은 바틀비가 아니라 어느 시장 선거 출마자의 당선 여부를 두고 한 것이었다. 내 생각에 골몰하다보니 브로드웨이 전체가 나와 함께 흥분하고, 나와 함께 같은 문제를 놓고 논쟁한다는 착각에 빠졌던 것이다. 나는 한순간 넋을 잃고 있다가 소리를 친 게 거리의 소음 덕분에 드러나지 않아 참으로 다행이라고 생각하며 그곳을 지나갔다.

의도했던 대로 나는 평소보다 일찍 사무실 문 앞에 다다랐다. 잠시 서서 귀를 기울였다. 온통 쥐죽은듯했다. 그가 떠난 것이 틀림없었다. 손잡이를 돌려봤다. 문은 잠겨 있었다. 그래, 내 조치가 성공한 거야. 그는 정말 사라진 거야. 하지만 여기에 무언가 우울한 기분이 섞여 들었다. 빛나는 나의 성공이 유감스럽다시피 했다. 나는 바틀비가 두고 갔을 열쇠를 찾아 문 앞의 매트 밑을 더듬거리다가 잘못해서 무릎이 문짝에 부딪혀 문을 두드리는 소리가 났다. 그러자 이에 응답해서 안에서 누군가의 목소리가 들려왔다. "아직요. 지금 바빠요."

바틀비였다.

청천벽력이었다. 순간 나는, 오래전 버지니아주에서 구름 한 점 없는 어느 오후에 입에 담뱃대를 문 채로 여름 번개에 맞아 죽은 사내처럼 우뚝 섰다.

그 사람은 열려 있던 따스한 창가에서 죽었는데, 그 꿈같은 오후, 누군가 그를 건드려 쓰러지기 전까지 거기 그렇게 상체를 내민 채로 있었던 것이다.

"가지 않았군!" 이윽고 나는 나직이 내뱉었다.

나는 짜증이 났지만 그 불가사의한 필경사가 나에게 행사하는, 내가 절대 벗어날 수 없는 그 놀라운 우위에 다시금 복종해서 천천히 계단을 내려가 거리로 나섰다. 나는 그 구역을 돌며, 이 전대미문의 곤란한 상황에서 다시 무엇을 해야 할지 생각했다. 물리적으로 그를 떠밀어 내쫓는 짓은 할 수 없었다. 험한 욕을 하며 쫓아내는 짓도 하지 않을 것이다. 경찰을 부르는 것은 유쾌하지 않은 생각이었다. 그렇지만 주검이나 다름없는 그가 나에 대해 승리감을 만끽하도록 내버려두는 것, 이것도 상상할 수 없는 일이다. 어떻게 하지? 아니, 할 수 있는 게 아무것도 없다면, 내가 이 문제에서 가정할 수 있는 게 더 있을까? 그래, 전에는 바틀비가 떠나리라고 선견하여 가정했듯이, 지금은 그가 떠났다고 과거로 소급하여 가정할 수 있을 것이다. 이 가정을 논리적으로 끌고 나가면, 나는 아주 급히 사무실에 들어가 바틀비를 전혀 보지 못한 척하고, 마치 그가 공기인 것처럼 그를 향해 곧장 걸어갈 수 있을 것이다. 그런 처사는 급소 찌르기와 상당히 유사할 것이다. 가정의 원리를 그렇게 적용했을 때 바틀비가 버텨낼 수 있을 것 같지 않았다. 하지만 다시 생각해보니 이 계획의 성공은 다소 미심쩍어 보였다. 나는 그와 다시 그 문제에 대해 논해보기로 마음먹었다.

"바틀비." 나는 사무실에 들어서면서 은근히 엄한 표정으로 말했다. "몹시 불쾌하군. 내가 괴롭다네, 바틀비. 자네가 이 정도는 아니라고 생각했네. 나는 자네가 신사적인 체계를 지닌 사람이라고, 그래서 어떤 미묘한 딜레마에 빠져 있어도 자네라면 약간의 힌트로 족할 것이라고 생각했는데. 한마디로 억측이었군. 내가 잘못 보았네. 그런데 왜." 나는 진정으로 깜짝 놀라며 덧붙였다. "아직 돈에 손도 대지 않았지?" 나는 전날 저녁에 돈을 놓아둔 곳을 가리켰다.

그는 아무런 대답도 하지 않았다.

"여기를 떠날 텐가 말 텐가?" 이제 나는 그에게 가까이 나아가면서 벌컥 성을 내고 다그쳤다.

"떠나지 않는 편을 택하겠습니다." "않는"을 살짝 강조하는 대답이었다.

"도대체 무슨 권리로 여기에 있는 건가? 방세라도 내는가? 내 세금이라도 대신 내나? 아니면 이 사무실이 자네 건가?"

그는 아무런 대답도 하지 않았다.

"이제 다시 필사를 계속할 준비가 되었나? 자네 눈이 회복되었어? 오늘 오전에 짧은 서류를 필사해주겠나? 아니면 몇 줄 검증하는 걸 돕겠나? 아니면 요 앞의 우체국에 좀 다녀올 텐가? 무슨 일이든 자네가 사무실을 떠나기를 거부하는 구실이 될 일을 하긴 하겠는가 말이야."

그는 조용히 자신의 은둔처로 물러갔다.

나는 그때 신경질적인 적개심에 휩싸여 있었다. 그래서 당장은 더이상 그것을 드러내 보이지 않도록 나 자신을 억제하는 것이 단연 현명하다고 생각했다. 바틀비와 나, 단둘밖에 없었다. 불행한 애덤스와 그보다 더 불행한 콜트의 비극이 생각났다. 그 일은 콜트의 후미진 사무실에서 일어났다. 애덤스 때문에 극도로 격앙된 콜트가 어떻게 해서 분별없이 걷잡을 수 없는 흥분에 자신을 내맡기고, 돌연히 돌이킬 수 없는 행위로 치달았던가. 두말할 나위 없이 그 일을 저지른 당사자가 누구보다 그 행위를 더 개탄해 마지않았을 것이다. 그 문제에 대해 깊이 생각할 때마다 자주 떠오른 것은, 만일 그 언쟁이 사람들이 오가는 거리나 가정집에서 벌어졌다면 그렇게 끝나지 않았으리라는 것이었다. 인간미가 느껴지고 가정집이 연상되는 것들의 축복을 전혀 받지 않은 건물의 2층 후미진 사무실에 홀로 있는 상황—카펫이 깔리지 않은, 의심할 바 없이 먼지투성이의 살풍경한 외관의 사무실—이었을 것이다. 틀림없이 그 상황이 불운한 콜트의 과민한 자포자기 상태를 고조하는 데 큰 역할을 했을 것이다.

그러나 내 안에서 분노한 태초의 아담이 일어나 바틀비와 관련해서 나를 유혹했을 때 나는 그와 씨름하고 그를 내동댕이쳤다. 어떻게? 그야 물론 신의 명령을 상기했을 뿐이다. "새 계명을 너희에게 주노니 서로 사랑하라."*

---

* 요한복음 13장 34절, 그리스도의 계명.

그렇다. 바로 이것이 나를 구원했다. 더욱 고원한 생각은 차치하더라도, 자비는 종종 대단히 현명하고 사려 깊은 행동 규범으로 작용한다. 이것은 자비심이 있는 사람에게 훌륭한 보호 장치이다. 인류는 질투, 분노, 증오, 이기심, 영적인 교만 때문에 살인을 저질렀다. 감미로운 자비 때문에 극악무도한 살인을 저지른 경우는 들어본 적이 없다. 그렇다면 단순한 자기 이익의 추구는, 달리 더 좋은 동기를 끌어오지 못하더라도, 모든 사람들을, 특히 고원한 기질을 가진 사람을 자비와 자선으로 이끈다. 아무튼 문제의 그때, 나는 그 필경사의 행동을 호의적으로 해석함으로써 그를 향한 나의 격앙된 감정을 몰아내려고 애썼다. 나는 생각했다. 불쌍한 사람, 불쌍한 사람이야! 무슨 의도가 있는 게 아니야. 게다가 그는 어려운 시절을 겪었으니 그의 비위를 맞춰주는 게 당연해.

또한 나는 곧바로 일에 전념하려 하는 동시에 나의 의기소침한 마음을 달래려 노력했다. 나는 바틀비가 오전중에 자발적으로 자신이 편한 시간에 자신의 은둔처에서 모습을 드러내고 문을 향해 단호히 행진할 것이라고 생각하려 했다. 하지만 그런 일은 일어나지 않았다. 열두시 반이 되었다. 터키의 얼굴이 붉어지기 시작했다. 잉크병을 뒤엎었고 전반적으로 소란스러워졌다. 니퍼스는 평온하고 공손한 상태로 누그러졌다. 진저 너트는 점심 사과를 와삭와삭 먹었다. 그리고 바틀비는 그의 창가에 서서 여느 때보다 깊은 면벽 공상에 잠겨 있었다. 이걸 사람들이 믿을까? 이걸 내가 인정해야 할까? 그날 오후 나는 다시 한마디도 하지 않고 퇴근했다.

그러고는 며칠이 지났다. 그동안 나는 한가한 틈틈이 '에드워즈의 의지'*
와 '프리스틀리의 필연'**에 관해서 조금 연구했다. 그 상황에서 그런 책들
은 내게 유익한 기분을 일으켰다. 나는 그 필경사와 관련된 걱정거리들이
모두 영겁의 세월 전부터 예정되었으며, 바틀비는 전적으로 지혜로운 신
의 어떤 신비로운 뜻에 따라 나와 함께 살도록 숙사를 배정받았다***는 확신
에 점차 빠져들었다. 그 뜻이 무엇인지는 필멸의 인간인 내가 헤아릴 바 아
니었다. 나는 생각했다. 그래, 바틀비. 거기 자네의 칸막이 뒤에 계속 머물
게. 더이상 자네를 괴롭히지 않겠네. 자네는 여기 오래된 의자들처럼 무해
하고 조용하지. 한마디로 나는 자네가 여기 있다는 것을 의식할 때처럼 은
밀한 느낌이 드는 적이 없네. 드디어 이것을 알겠네, 드디어 느끼네. 내 인
생의 예정된 목적을 꿰뚫어 볼 수 있네. 나는 만족해. 다른 사람들에게는 좀
더 고결한 역할이 주어졌을지 모르지만, 이 세상에서 내 사명은, 바틀비 자
네가 머무르기로 결정하는 기간만큼 사무실을 자네에게 제공하는 것이야.

이 현명하고 복된 마음가짐은 사무실을 찾은 내 직업상의 친구들이 묻지
도 않았는데 무정하게 한마디씩 하며 나서지 않았으면 지속되었을 것이다.

---

* 미국의 신학자 조너선 에드워즈의 『자유의지』.
** 영국의 신학자이자 과학자 조지프 프리스틀리의 『철학적 필연의 원칙』.
*** billet. 군인이 민간인의 집에 임시로 숙소를 배정받는다는 의미의 군사 용어.

인색하고 편협한 생각을 가진 사람들이 끊임없이 긁어대면 그들보다 관대한 사람들이 품은 최선의 결의마저 결국은 지치게 마련이다. 하지만 돌아보면, 내 사무실에 오는 사람들이 불가해한 바틀비의 기묘한 모습에 영향을 받고 그에 관해 나쁜 의견을 입 밖에 내고 싶어한 것도 사실은 이상한 일이 아니었다. 이따금 내게 용무가 있는 변호사들이 사무실에 들러, 아무도 없이 그 필경사만 있는 걸 보고, 내가 어디에 있는지, 그에게서 무언가 정확한 정보를 얻으려 하곤 했다. 하지만 바틀비는 그들이 거는 잡담을 무시하고 그저 방 한가운데에 꼼짝 않고 서 있곤 했다. 결국 변호사들은 얼마간 바틀비가 그러고 있는 것을 응시하다가, 아무것도 알아내지 못한 채 돌아가기 일쑤였다.

또 이런 일도 있었다. 어떤 중재가 진행되고 있을 때였다. 변호사들과 증인들로 가득찬 사무실에서 일이 빠른 속도로 진행되던 중, 그 자리에 참석해서 일에 매달려 있던 어느 법조인이 바틀비가 하는 일이 전혀 없는 것을 보고는 급히 자신(그 법조인)의 사무실로 달려가 서류를 가져다달라고 부탁했다. 그러나 바틀비는 조용히 거절하고, 여전히 계속 아무런 일도 하지 않았다. 그러자 그 변호사는 그를 뚫어지게 쳐다보다가 내게 시선을 돌렸다. 하지만 내가 무슨 말을 할 수 있었겠는가? 마침내 나는, 내 사무실에 있는 이상한 인물에 관해 아연해하는 수군거림이 내가 직업상 아는 사람들 사이에 떠돈다는 것을 알게 되었다. 이 때문에 나는 몹시 걱정이 되었다. 그리고 어쩌면 결국 그가 명이 길어서, 내 사무실을 계속 점유하면서 내 권위를 부인하고, 방문객들을 당혹케 하고, 나의 직업적 명성을 훼손하고, 사무실 전체에 어두운 그림자를 드리우고, (의심할 바 없이 하루에 오 센트밖에 쓰지 않으면서) 저축한 돈으로 최후까지 연명할 것이라는 생각, 그리고 결국은 아마도 나보다 오래 살아서 종신 점유를 이유로 들어 내 사무실의 소유권을 주장할 것이라는 생각이 나를 엄습했다. 이 모든 음울한 예상이 점점 더 내 마음에 쇄도했고, 친구들은 내 사무실의 유령에 대해 끊임없이 잔인한 소견을 나에게 들이댔다. 그런 이유들로 내게 큰 변화가 생겼다. 나는 모든 능력을 총동원해서 이 견딜 수 없는 악령을 영원히 제거하기로 했다.

하지만 나는 그 목적에 적합한 쉽지 않은 계획을 궁리하기 전에 먼저 단순히 그에게 그가 아주 떠나는 것이 타당하다고 넌지시 말했다. 내 생각을 면밀하고 신중하게 고려해보라고 간곡히 권했다. 하지만 숙고하도록 주어진 사흘 뒤 그는 본래의 결정이 여전함을 내게 통보했다. 한마디로 그는 여전히 나와 함께 거하는 편을 택한 것이다.

어떡하면 좋지? 나는 코트의 단추를 끝까지 잠그며 혼잣말을 했다. 어떡하면 좋지? 어떡해야 하지? 내 양심은 내가 이 사람, 아니 이 유령을 어떻게 해야 한다고 하지? 나는 그를 쫓아내야만 해. 그는 떠나지 않으면 안 돼. 하지만 어떻게? 그를 강제로 밀어내진 않을 거라고? 불쌍하고, 창백하고, 소극적인 인간, 그런 의지가지없는 녀석을 문밖으로 내쫓지는 않겠다고?

그런 잔인함으로 너 자신에게 불명예를 초래하지는 않겠다고? 그래, 그러지 않을 거야. 나는 그러지 못해. 그럴 바에야 차라리 그가 여기서 살다가 죽도록 내버려두고, 그의 유해를 벽에 넣고 벽돌을 쌓아버리겠어. 그럼 너라면 어떡하겠는가? 네 모든 감언에도 불구하고 그는 꼼짝도 하지 않으려고 해. 뇌물을 주어도 그는 그것을 네 책상, 네 문진 밑에 그대로 내버려두잖나. 한마디로 그는 네 곁에 들러붙는 편을 택한 게 아주 명백해.

　그렇다면 모진 무언가를, 색다른 무언가를 해야 해. 뭐라고! 설마 경찰을 불러 그에게 쇠고랑을 채우게 해서 그의 무해하고 창백한 얼굴을 구치소로 보내진 않겠지? 그런데 무슨 근거로 그렇게 되도록 할 수 있다는 거지? 부랑자……가 아닌가? 뭐라고! 꼼짝도 하지 않으려는 그가 부랑자요 방랑자라고? 그가 부랑자가 되지 않으려 한다는 것 때문에 너는 그를 부랑자로 치부하려는 거로군. 너무 터무니없는 소리야. 그럼 뚜렷한 생계 수단이 없다는 것, 이것으로 그는 꼼짝 못하겠지. 그것도 아니야. 그는 명백히 자활하고 있어. 그리고 그건 어느 누구든 그럴 수단을 가지고 있다는 것을 보여줄 수 있는, 반박할 수 없는 유일한 증거지. 됐어, 그만하자. 그가 여기를 떠나지 않으니 내가 떠나는 수밖에. 사무실을 이전하자. 다른 데로 이사하는 거야. 그리고 만일 내가 그를 새 사무실에서 다시 본다면 그때는 일반적인 무단 침입자로 간주해 그에 대한 법적인 절차를 밟겠다고 정당하게 통고하겠어.

　나는 이를 실행에 옮겨 다음날 그에게 말했다. "있어보니 이 사무실에서는 시청이 너무 멀어. 공기도 좋지 않고. 요컨대 다음주에 사무실을 옮길 계획이야. 그리고 자네의 품은 더이상 필요가 없을 걸세. 자네가 다른 곳을 찾아보도록 지금 말해두는 것이네."

그는 아무런 대답도 하지 않았다. 그리고 나도 더 말하지 않았다.

정해진 그날, 나는 사무실로 가는 길에 짐마차와 인부를 고용했다. 가구가 별로 없었기 때문에 몇 시간 내에 모든 짐이 다 나갔다. 그 필경사는 처음부터 끝까지 칸막이 뒤에 선 채로 있었다. 나는 칸막이를 제일 나중에 내가도록 했다. 그들이 칸막이를 거두었다. 칸막이가 거대한 이절지처럼 접혔다. 그리고 그 자리에 드러난 것은 헐벗은 방의 움직이지 않는 거주자였다. 나는 입구에 서서 잠시 그를 쳐다보았다. 그때 내 안에서 무언가가 나를 질책했다.

나는 다시 들어갔다. 내 손은 호주머니 안에 있었고…… 그리고 내 마음은 조마조마했다.

"잘 있게, 바틀비. 나는 이제 가네…… 잘 있게. 모쪼록 신의 가호가 있기를 빌겠네. 그리고 이거 받게." 그의 손에 얼마간 쥐여주었지만 돈은 바닥에 그대로 떨어졌다. 그리고…… 이상한 말이지만, 나는 그에게서 그토록 간절히 벗어나기를 원했는데도 떨어지지 않는 발걸음을 억지로 옮겨야 했다.

나는 새 사무실에 자리를 잡고 처음 하루 이틀은 항상 문을 잠갔다. 그리

고 복도에서 발소리가 날 때마다 흠칫흠칫 놀랐다. 잠시 어디에 다녀올 때도 잠깐 사무실 문 앞에서 멈추고, 열쇠로 문을 열기 전에 주의깊게 귀를 기울이곤 했다. 하지만 쓸데없는 두려움이었다. 바틀비는 내 근처에 얼씬도 하지 않았다.

나는 만사가 순조롭다고 생각했다. 그러던 중, 혼란스러워 보이는 어떤 낯선 사람이 나를 찾아왔다. 그는 내게 최근까지 월 스트리트 ○○번지에 입주했던 사람이냐고 물었다.

나는 불길한 예감에 휩싸이며 그렇다고 대답했다.

"그렇다면." 그러자 자신을 변호사로 밝힌 그 낯선 사람이 말했다. "변호사님이 거기 두고 온 사람에 대한 책임을 져야겠습니다. 그자는 어떤 필사도 안 하려 합니다. 아무 일도 안 하려 합니다. 안 하는 편을 택하겠다고 합니다. 그리고 사무실을 떠나지 않으려 합니다."

"미안합니다만, 변호사님." 속으로는 떨렸지만 나는 짐짓 평정을 가장하고 말했다. "실은 변호사님이 언급하는 그는 나와 아무런 상관이 없습니다. 내가 그에 대한 책임을 져야 한다고 하시는데, 그는 내 친척도 아니고 수습사원도 아닙니다."

"도대체 그는 어떤 사람입니까?"

"나는 정말 변호사님께 알려드릴 게 없습니다. 그에 대해 아무것도 모르거든요. 전에 필사원으로 그를 고용한 바 있지만 얼마 전부턴가 그는 아무런 일도 하지 않았어요."

"그럼 내가 그를 처리하겠습니다. 변호사님, 그럼 이만 실례합니다."

그로부터 며칠이 흘렀다. 그리고 더이상 아무런 소식이 없었다. 가끔 그곳에 들러 불쌍한 바틀비를 볼까 하는 자비로운 충동을 느꼈지만, 무언지 모를 지나친 신중함이 나를 붙들었다.

지금쯤이면 그도 끝장났겠지. 마침내 그런 생각이 들었다. 한 주가 더 지나도록 더이상 별다른 소식이 없을 때였다. 하지만 그다음날 사무실에 도착해보니 여러 사람들이 문 앞에서 잔뜩 흥분해서 기다리고 있었다.

"저 사람이요…… 저기 오고 있군." 맨 앞에 있던 사람이 소리쳤다. 나는 곧 그가 일전에 혼자 나를 찾아왔던 변호사임을 알아보았다.

"즉시 그를 데려가줘야겠습니다, 변호사님." 그들 중 풍채가 좋은 사람이 내게 들이대며 소리쳤다. 내가 알기론 월 스트리트 ○○번지의 건물주였다. "여기 이분들은 제 세입자들인데 더이상 참지 못하겠답니다." 그가 그 변호사를 가리키며 말을 이었다. "미스터 B가 그자를 사무실에서 쫓아냈더니 이제는 악착같이 건물 여기저기에 출몰합니다. 낮에는 계단 난간에 앉아 있고 밤에는 건물 입구에서 잠을 잡니다. 모두 걱정스러워해요. 의뢰인들이 떠나고요. 폭도일까봐 두려워하는 사람도 있어요. 변호사님이 무슨 조치를 취해주셔야겠습니다. 지체 없이 말입니다."

나는 그가 마구 퍼붓는 말에 기겁을 하고 뒷걸음쳤다. 새 사무실 문을 걸어 잠그고 그 안에 틀어박히고 싶었다. 헛되이도 나는, 다른 사람들과 마찬가지로 나 또한 바틀비와 아무런 상관이 없다고 주장했다. 그러나 그와 어떤 식으로든 관계를 맺은 마지막 사람이 나였기 때문에 그리고 그들이 그 끔찍한 책임을 내게 전가하려 했기 때문에 나의 주장은 아무 소용이 없었다. 그러자 나는 신문에 나는 것이 두려워(그중 한 사람이 은근히 위협했다) 그 문제를 곰곰이 생각해보았다. 결국 말을 꺼냈다. 만일 나와 그 필경사가 그(그 변호사)의 방에서 단둘이 이야기할 수 있게 해주면, 그날 오후에 그들이 불평하는 성가신 존재에서 벗어나도록 최선을 다하겠다고 했다.

나의 옛 근거지로 올라가는데 층계참의 난간에 바틀비가 조용히 앉아 있었다.

"바틀비, 여기서 뭐 하고 있나?"

"난간에 앉아 있어요." 그가 온화하게 대답했다.

나는 몸짓으로 그를 그 변호사의 방으로 불렀다. 우리가 들어가자 그 변호사는 밖으로 나갔다.

"바틀비." 내가 말을 꺼냈다. "자네가 내게 큰 시련을 초래하고 있다는 걸 아나? 사무실에서 해고당한 뒤 고집 피우며 계속 건물 입구를 점거해서 말이야."

묵묵부답이었다.

"이제 둘 중 하나라네. 자네가 뭔가 하든지, 아니면 자네에게 뭔가 가해

지든지 말이야. 자, 자네 어떤 직종에 종사하고 싶은가? 누군가에게 고용되어 다시 필사하는 일을 하고 싶나?"

"아뇨. 아무것도 변경하지 않는 편을 택하겠습니다."

"포목상의 점원이 되는 것은 어때?"

"그 일을 하면 너무 많이 갇혀 있게 돼요. 아뇨, 저는 점원이 되고 싶지 않습니다. 하지만 저는 특별하지 않아요."

"너무 많이 갇혀 있다니." 나는 소리쳤다. "아니, 자네는 늘 스스로 갇혀 살지 않았나!"

"점원이 되지 않는 편을 택하겠습니다." 그의 대꾸는 단번에 그 하찮은 일들을 일소하려는 듯했다.

"바텐더 일은 어떻겠나? 시력을 혹사하는 일이 아니니 말이야."

"전혀 마음에 없습니다. 하지만 앞서 말씀드렸듯이 저는 특별하지 않아요."

그가 이례적으로 말이 많다는 것은 고무적인 일이었다. 나는 다시 진격했다.

"그럼 상인들을 대신해서 전국을 여행하며 수금을 해보는 건 어떨까? 자네의 건강에도 좋을 텐데."

"아뇨. 다른 일을 하는 편을 택하겠습니다."

"그럼 여행 동반자가 되어 유럽에 가는 것은 어때? 집안 좋은 젊은이의 말상대가 되어주면서 말이야…… 어떤가?"

"전혀 아닌데요. 거기엔 무언가 확정적인 게 없다는 생각이에요. 저는 고정적인 게 좋습니다. 하지만 저는 특별하지 않아요."

"고정적인 걸로 하지. 그럼." 나는 더이상 참지 못하고 소리쳤다. 나는 화를 돋우는 그와의 관계에서 처음으로 제법 벌컥 성을 냈다. "자네가 밤이 되기 전에 이 건물을 떠나지 않으면 나는 꼼짝없이…… 정말 꼼짝없이…… 내가…… 내가…… 떠날 수밖에 없을 것일세!" 나는 다소 우스꽝스럽게 말을 끝냈다. 끄떡도 않는 그를 을러서 말을 듣게 하기 위해 어떤 위협을 써야 할지 몰랐던 것이다. 더이상 노력하기를 단념하고 서둘러 그를 떠나려는 순간, 마지막으로 한 가지 생각이 떠올랐다. 전에도 전혀 그 생각을 해보지 않은 것은 아니었다.

"바틀비." 나는 그 흥분된 상황에서 할 수 있는 한 가장 상냥한 어조로 말했다. "자네 지금 나와 함께 내 집에 가겠나? 내 사무실 말고, 내가 사는 집에 말이야. 우리가 한가한 때에 자네 편의대로 계획을 확정할 때까지 거기서 머무는 거야. 자, 지금 가세, 지금 당장."

"아뇨. 지금으로선 아무것도 변경하지 않는 편을 택하겠습니다."

나는 아무런 대꾸도 하지 않고 갑작스럽고 신속하게 도주함으로써 사람들의 모든 질문을 효과적으로 얼버무려 넘겼다. 나는 건물에서 급히 빠져나온 다음 월 스트리트에서 브로드웨이 북쪽을 향해 뛰었다. 그리고 옴니버스*가 보이자마자 올라탐으로써 곧 추적을 벗어났다. 나는 평정을 되찾

자마자 내가 할 수 있는 일은 다 했다는 것을 똑똑히 인식했다. 건물주와 세입자들의 요구에 대해서도 그렇고, 바틀비에게 도움이 되고 그를 폭력적인 박해로부터 보호해주고자 한 나 자신의 욕구와 의무감에 대해서도 그랬다. 나는 이제 완전히 걱정을 떨쳐버리고 평정을 찾으려 노력했다. 나의 양심은 내가 그런 시도를 한 것이 옳다고 했다. 실제로는 내가 바랐던 대로 성공하지 못했지만 말이다. 다시 그 격앙한 건물주와 격노한 세입자들이 나를 찾아낼까 너무 두려운 나머지, 나는 내 일을 니퍼스에게 넘겨주고는 며칠 동안 로커웨이**를 타고 뉴욕시의 북부와 그 주변 지역을 돌아다녔다. 강을 건너 저지시티와 호보컨을 가보았고, 맨해튼빌과 애스토리아를 도망자처럼 스쳐 지나갔다. 사실 나는 그 당시 로커웨이에서 살다시피 했다.

다시 사무실에 나가보니 웬걸, 그 건물주로부터 온 편지가 책상 위에 놓여 있었다. 나는 떨리는 손으로 열어봤다. 그 편지를 쓴 사람이 경찰을 불러 바틀비를 부랑자 취급해 툼스 구치소에 보내게 했다는 통지였다. 게다가 내가 누구보다도 그에 대해 많이 알고 있으므로 그곳에 출두해서 적절하게 사실을 진술해주길 바란다고 했다. 이 소식은 내게 상반된 영향을 미쳤다. 나는 처음에는 분개했지만, 결국은 거의 인정했다. 건물주는 활동적이며 생각보다 행동이 앞서는 기질로 내가 결정하지 못했을 절차를 택했다. 하지

---

* 뉴욕시에는 1832년에 처음 생긴 14인승 마차로, 철로를 따라 말이 끌었던 대중교통수단이다.
** 단단한 고정 지붕이 있고 옆이 트인 경량 사륜 마차.

만 그런 특수한 상황에서 그것은 최후의 수단으로서 유일한 안인 듯했다.

나중에 알게 된 사실이지만, 그 불쌍한 필경사는 툼스 구치소로 연행돼야 한다는 말을 듣고도 전혀 저항하지 않고, 생기도 없고 동요도 없는 그 특유의 태도로 그들을 조용히 따랐다.

동정심이나 호기심이 동한 구경꾼들도 그 자리에 함께 있었다. 경찰 중 한 명이 바틀비의 팔짱을 끼고 앞섰다. 침묵의 행렬이 종대를 지어 정오의 소란스러운 대로의 온갖 소음과 열기와 환희를 헤치며 나아갔다.

통지를 받은 그날, 나는 툼스 구치소로, 좀더 정확히 말하자면 법원으로 갔다. 담당 경찰을 찾아 방문 목적을 밝히자 내가 묘사한 사람이 실제로 그 안에 있다고 알려주었다. 그래서 나는 그 관리에게 보증하기를, 바틀비가 정체 모를 괴짜이긴 하지만 더할 나위 없이 정직한 사람이며, 크게 동정받아 마땅하다고 했다. 나는 내가 아는 모든 것을 이야기했다. 그리고 무언가 덜 가혹한 조치가 취해질 때까지―사실 그게 뭔지 잘 모르지만―최대한 관대하게 구금해줬으면 한다는 생각을 넌지시 비치면서 말을 마쳤다. 여하튼, 아무것도 결정될 수 없을 경우에는 구빈원이 그를 받아야 했다. 그러고 나서 나는 면회를 요청했다.

바틀비에게 수치스러운 혐의가 있는 것도 아니었고, 그의 모든 태도가 매우 차분하고 해가 없었기 때문에, 그들은 그가 감옥 안을, 특히 벽으로 둘러싸이고 잔디로 덮인 작은 안마당을 자유로이 다니도록 내버려두었다. 나는 그곳에서 그를 찾았다. 그는 마당에서 가장 조용한 곳에 혼자 서 있었다. 그의 얼굴은 높은 벽을 향해 있었다. 사방에 있는 감방 창문의 좁은 틈새로 그를 응시하는 살인범과 절도범들의 눈이 보인 것 같았다.

"바틀비!"

"나는 당신을 알아요." 그가 뒤돌아보지 않고 말했다. "당신과 아무 말도 하고 싶지 않아요."

"바틀비, 자네를 이곳에 오게 한 건 내가 아니네." 나는 그의 대답에서 은연히 드러나는 불신에 가슴을 에는 아픔을 느끼며 말했다. "그리고 자네에게는 이곳이 그렇게 고약한 곳은 아닐 거야. 여기 있었다고 해서 자네에

게 어떤 수치스러운 꼬리표가 따라다니는 건 아닐세. 보게, 사람들이 혹 생각하듯 그리 형편없지 않아. 자, 저기 하늘이 있고 여기 잔디가 있잖은가."

"나는 여기가 어딘지 알아요." 이렇게 대답한 후 그가 더이상 말을 하지 않으려 해서 나는 자리를 떴다.

복도에 다시 들어서자 어떤 사내가 다가와 말을 걸었다. 앞치마를 두른, 넓적한 고깃덩어리 같은 사람이었다. 그는 엄지손가락을 세워 자기의 어깨 뒤를 가리켰다. "저자가 선생님 친구입니까?"

"그렇소."

"저 친구 굶어죽으려는 겁니까? 그렇다면 감방 음식만 먹게 내버려두면 됩니다."

"당신은 누구요?" 나는 그런 곳에서 비공식적인 말을 하는 사람을 어떻게 봐야 할지 몰라서 물었다.

"취사 담당입니다. 여기에 친구가 있는 신사분들은 저를 고용해서 그들에게 좋은 음식을 제공해주도록 하죠."

"그래요?" 내가 교도관을 돌아보며 물었다.

교도관이 그렇다고 했다.

"그렇다면," 나는 취사 담당(그들이 그렇게 불렀다)의 손에 얼마간 은전을 쥐여주며 말했다. "저기 내 친구에게 각별히 신경써주기 바라오. 그에게 줄 수 있는 가장 좋은 식사를 부탁하오. 그리고 그에게 최대한 공손해야만

하오."

"그에게 저를 소개시켜주지 않겠습니까?" 취사 담당은 자신의 예의범절을 선보일 기회를 얻지 못해 안타깝다는 듯한 표정으로 나를 쳐다보며 말했다.

나는 그러는 것이 필경사에게 결과적으로 이로우리라고 생각하고 그 말을 따랐다. 취사 담당의 이름을 묻고는 그와 함께 바틀비에게 다가갔다.

"바틀비, 여기는 커틀리츠 씨라고 하네. 지내다보면 자네에게 도움이 될걸세."

"당신의 종이오, 선생, 당신의 종이라오." 취사 담당이 앞치마 뒤로 허리를 깊숙이 굽혀 인사하며 말했다. "여기 있는 동안 유쾌한 시간이 되시길 바라오. 좋은 마당도 있고 시원한 방도 있고…… 가급적 편하게 지내면서 말이오. 오늘 저녁식사는 뭘로 하시겠소?"

"나는 오늘 식사를 안 하는 편을 택하겠습니다." 바틀비가 돌아서며 말했다. "속에서 받지 않을 겁니다. 저녁식사에는 익숙하지 않으니까요." 그는 그렇게 말하면서 천천히 담장 안 마당의 반대쪽으로 걸음을 옮겼다. 그러고는 막힌 벽을 마주하고 자리를 잡았다.

"어째서죠?" 취사 담당이 놀란 눈으로 바라보며 내게 말했다. "별나군요, 그렇죠?"

"약간 미친 것 같소." 내가 서글피 말했다.

"미쳤다고요? 미쳤단 말이죠? 원, 이거 참, 저는 선생님의 친구분이 위조 전문가 양반인 줄 알았습니다. 그들은 꼭 안색이 창백하고 점잖아요, 위조범들 말이에요. 그들에게는 동정심을 느낄 수밖에 없어요. 그럴 수밖에 없다고요. 먼로 에드워즈*를 아십니까?" 그는 마지막 말을 비장하게 덧붙인 다음 잠시 멈추었다. 그런 다음 동정하듯 자신의 손을 내 어깨에 얹으며 한숨을 쉬었다. "그자는 싱싱 감옥에서 폐결핵으로 죽었습니다. 그러니까 먼로와 아는 사이가 아니시라고요?"

"그렇소. 나는 그 어떤 위조범과도 어울린 적이 없소. 여기서 더 지체할 수 없소이다. 저기 내 친구를 돌봐주시오. 손해 보지는 않을 것이오. 다시 봅시다."

그러고 나서 며칠이 지났다. 나는 다시 툼스 구치소의 면회 허가를 받았다. 그리고 바틀비를 찾아 복도를 돌아다녔다. 그러나 그는 보이지 않았다.

"조금 전에 그가 방에서 나오는 걸 봤습니다." 교도관이 말했다. "아마 안마당에서 서성거리러 나갔나봅니다."

그래서 나는 그쪽으로 갔다.

"그 말 없는 자를 찾고 있습니까?" 다른 교도관이 내 곁을 지나가며 말했다. "저쪽에 누워 있습니다. 저기 안마당에서 자고 있어요. 그가 눕는 것을

---

* 19세기 초반의 유명한 위조범.

본 지 이십 분도 채 안 됐어요."

안마당은 쥐죽은듯 조용했다. 일반 수감자들에게는 접근 금지 구역이었다. 굉장한 두께로 둘러친 벽은 밖에서 들려오는 모든 소리를 차단했다. 그 석조 건물의 이집트적인 특징이 음울하게 나를 내리눌렀다. 그러나 발아래에는 푹신한, 감금된 잔디가 자라고 있었다. 그것은 영원한 피라미드의 심장인 듯했다. 새들이 떨어뜨린 잔디 씨가 알 수 없는 마법에 의해 갈라진 틈새로 돋아난 것이다.

몸은 이상하게 벽 밑에 웅크리고 무릎은 끌어안고 모로 누워 차가운 돌에 머리를 대고 있는 쇠약한 바틀비가 보였다. 그러나 움직임이 전혀 없었다. 나는 잠시 멈추었다. 그리고 그에게 가까이 다가갔다. 몸을 굽혀보니 그는 멍하니 눈을 뜨고 있었다. 그것 말고는 깊이 잠들어 있는 듯했다. 무언가가 그를 건드리도록 나를 부추겼다. 나는 그의 손을 만졌다. 그 순간 찌릿한 전율이 내 팔을 타고 척추까지 올라왔다 발로 내려갔다.

그때 취사 담당의 둥근 얼굴이 위에서 나를 응시했다. "그의 식사가 준비되었습니다. 오늘도 밥을 안 먹는답니까? 아니면 먹지 않고도 사는 겁니까?"

"먹지 않고 산다오." 그리고 나는 그의 눈을 감겨주었다.

"아! ……아주 잠들었군요, 그렇죠?"

"세상 임금들과 모사들과 함께."* 나는 중얼거렸다.

***

이제 이 이야기를 더 계속할 필요가 없어 보일 것이다. 불쌍한 바틀비의 매장에 관한 것이라면 상상력이 얼마 안 되는 설명을 대신해줄 것이다. 그러나 독자에게 작별을 고하기 전에 말해둘 것이 있다. 이 짧은 이야기에 흥미를 느끼고서 만일 독자들이 바틀비가 어떤 사람이었는지, 그리고 내가 그를 알기 전에 그가 어떤 삶을 살았는지에 대한 호기심이 들었다면, 내가 해줄 수 있는 유일한 대답은, 나도 그런 호기심을 십분 공유하지만 전혀 충족시킬 수 없다는 것이다. 그렇지만 여기서 한 가지 하찮은 소문을 밝혀야 할지 잘 모르겠다. 그 필경사가 죽고 몇 달 후에 들은 이야기이다. 어디에 근거를 둔 것인지 확인해보지 못해서 그것이 어느 정도 사실인지 지금으로선 말하기 힘들다. 그러나 내가 볼 때 이 소문은 슬픈 이야기지만 중요한 무언가를 시사하는 바가 없지 않았던 만큼, 다른 사람들이 볼 때에도 그럴지 모른다. 소문은 이렇다. 바틀비는 워싱턴의 사서死書 우편물**계의 하급 직원이었는데, 관련 행정기관에 뭔가 변경되는 게 있어서 갑자기 해고를 당했

---

* 구약성서 욥기 3장 14절.

** Dead Letter. 글자의 뜻은 '죽은 편지'로 현재는 지역에 따라 '배달 불능 우편물(Undeliverable Mail)'로 칭한다. 발신자나 수신자의 주소가 잘못 기재되었거나, 제대로 기재되었어도 양쪽이 이사를 가거나 사망한다든지 해서 반송도 되지 못하는 우편물을 말한다.

다. 이 소문을 곰곰이 생각할 때 나를 엄습하는 감정은 제대로 표현할 길이 없다. 사서라! 사자死者처럼 들리지 않는가! 날 때부터 그리고 운이 나빠서 창백한 절망에 빠지기 쉬운 사람을 상상해보면, 끊임없이 사서를 취급하고 분류해 불태우는 것보다 더 그 절망을 키우는 데 적합해 보이는 일이 또 어디 있겠는가? 그 우편물들은 매년 대량으로 소각된다. 창백한 직원은 이따금 접힌 종이들 사이에서 반지를 가려내기도 한다. 그 반지가 끼워져야 했을 손가락은 어쩌면 무덤 속에서 썩고 있을지 모른다. 누군가가 즉각적인 자선을 베풀어 발송한 지폐가 나오기도 한다. 그것으로 구제를 받았을 사람은 더이상 먹지도 배고파하지도 않는다. 절망하며 죽은 자들에게 용서를, 희망이 없는 상태에서 죽은 자들에게 희망을, 구제 없는 재난에 질식해 죽은 자들에게 희소식을 전하는 편지가 나오기도 한다. 생명의 심부름을 하는 그 편지들은 급히 죽음으로 치닫는다.

아, 바틀비여! 아, 인류여!

허먼 멜빌 연보

1819년   8월 1일 뉴욕 맨해튼에서 부유한 무역상인 앨런 멜빌과 마리아 갠즈보트
             멜빌의 여덟 남매 중 셋째로 태어남. 스코틀랜드계인 앨런과 네덜란드계
             인 마리아는 미국독립전쟁에서 공을 세운 명문가 출신으로, 허먼 멜빌은
             자신이 모계와 부계로부터 '혁명'의 피를 물려받았다는 사실을 흡족해함.

1830~1831년   아버지의 사업 실패로 가족이 올버니로 이주. 10월부터 이듬해 10월까지
             올버니 아카데미에 다님.

1832년   사업차 떠났던 여행의 후유증에 시달리던 아버지가 1월 28일 정신착란 증
             상 끝에 사망. 본래 'Melvill'로 표기한 성을 아버지가 사망한 후 장남 갠즈
             보트의 요구에 따라 어머니가 'Melville'로 바꿈. 삼촌이 중역으로 있던 뉴
             욕주립은행에서 은행원으로 일함.

1835년   형 갠즈보트의 모피 상점에서 일하면서 올버니 고전학교에 다니기 시작.

1836~1837년   다시 올버니 아카데미에 들어가 라틴어 수업 등을 듣다가 이듬해 3월에 그
             만둠. 불경기의 여파로 형의 모피 상점이 파산하자 농장 일을 하다가 레녹
             스 인근 사이크스 지구에서 교사로 일함.

1838년   가족이 랜싱버그로 이주. 랜싱버그 아카데미에서 한 학기 동안 측량술을
             배움.

1839년   5월 랜싱버그 지역 주간지에 'L.A.V'라는 이름으로 「책상에서의 단상들
             Fragments from a Writing Desk」을 발표. 6월 뉴욕과 리버풀을 오가는

상선 세인트로렌스호에 사환으로 승선. 10월에 뉴욕으로 돌아와 그린부시에서 교사 생활을 재개하지만 돈을 받지 못해 한 학기 만에 그만둠.

1840년   리처드 헨리 데이나 주니어의 자서전과 제레미아 N. 레이놀즈의 「모카 딕, 혹은 태평양의 흰 고래」에 영감을 받아 형과 함께 뉴베드퍼드로 여행을 떠남. 그곳에서 '175분의 1배당' 조건으로 어커시넷호의 선원으로 등록.

1841년   1월 3일 남태평양으로 가는 포경선 어커시넷호 출항. 7월 23일~8월 낸터킷 선적의 리마호와 '사교적 방문'을 하던 중 윌리엄 헨리 체이스로부터 그의 부친인 오언 체이스가 쓴 에식스호 난파기를 빌려 읽음. 책의 내용은 이후 『모비 딕*Moby Dick*』에 지대한 영향을 끼침.

1842년   7월 선장의 폭압과 격무로 마르키즈제도에서 동료 선원과 함께 탈주. 이후 산속으로 숨어들어 한동안 '타이피 골짜기'에서 생활. 8월 오스트레일리아 포경선 루시앤호에 올라 타히티섬으로 가지만 직무 수행을 거부한 죄로 짧게 구금됨. 10월 에이메오섬으로 가 부랑자(타히티 말로 '오무*omoo*') 생활을 함. 11월 낸터킷 포경선 찰스앤드헨리호와 6개월간 계약.

1843년   5월 찰스앤드헨리호가 하와이제도 마우이섬에 정박했을 때 하선. 호놀룰루의 잡화점에서 4개월간 일함. 8월 어커시넷호 선장의 추적을 피해 미 해군에 정규 수병으로 입대.

1844년   10월 보스턴항으로 돌아와 제대. 형편이 나아진 가족과 함께 살게 되며, 가족의 격려에 힘입어 자신의 모험담을 글로 쓰기 시작함. 타이피 골짜기에서의 경험에 기반한 첫 장편소설 『타이피*Typee*』 집필 시작.

1846년   2월 형의 도움으로 영국에서 출간한 『타이피: 폴리네시아인들의 삶 엿보기 *Typee: A Peep at Polynesian Life*』가 단숨에 베스트셀러가 되고, 3월 미국판 출간. 멜빌은 이 책을 매사추세츠주 대법원장이자 아버지의 지인이던 레뮤얼 쇼에게 헌정함.〈세일럼 애드버타이저〉에 너새니얼 호손이 익명으로 쓴 리뷰가 실림. 호손은 "우리는 야만인의 삶을 이보다 더 자유롭고 효과적으로 그려낸 작품을 알지 못한다"며 이 작품을 극찬함.

1847년　『타이피』의 속편『오무: 남양 모험기 *Omoo: A Narrative of Adventures in the South Seas*』가 3월과 5월 영국과 미국에서 차례로 출간됨. 두 책을 통해 멜빌은 "식인종들과 함께 산" 모험 작가로서의 명성을 얻게 됨. 8월 4일 레뮤얼 쇼의 딸인 엘리자베스 냅 쇼와 결혼.

1849년　2월 16일 장남 맬컴 출생. 3월『마디: 그리고 그곳으로의 항해 *Mardi: And a Voyage Thither*』영국판, 4월 미국판 출간.『모비 딕』의 스타일을 예고하는 야심찬 작품이었으나 성공을 거두지 못함. 10월 세인트로렌스호 사환 생활을 바탕으로 쓴『레드번: 그의 첫 항해 *Redburn: His First Voyage*』영국판과 미국판 출간.

1850년　1월 해군 생활을 바탕으로 쓴『흰 재킷, 혹은 군함을 타고 본 세계 *White-Jacket; or, The World in a Man-of-War*』영국판, 3월 미국판 출간. 8월 레녹스 근처의 작은 농가로 이사온 너새니얼 호손과 급격히 친해짐. 호손의 단편집『낡은 목사관의 이끼』를 읽고 쓴 리뷰「호손과 그의 이끼 Hawthorne and His Mosses」를〈리터러리 월드〉에 발표. 호손과의 만남은『모비 딕』초고를 대폭 개작하는 데 지대한 영향을 끼침.

1851년　10월『고래 *The Whale*』영국판 출간. 멜빌은 마지막에 제목을『모비 딕』으로 바꾸나 제때 반영되지 못함. 11월 미국판 출간. 영국판에서 누락되었던 '에필로그'를 추가하고 엉뚱하게 3권에 붙어 있던 '어원' '발췌문'을 다시 도입부로 옮겨『모비 딕, 혹은 고래 *Moby-Dick; or, The Whale*』로 발간함. 초기 반응은 좋았지만 형식이 생소하고 신성모독적이라는 비난이 이어짐.

10월 22일 차남 스탠윅스 출생.

1852년　　『피에르, 혹은 모호함Pierre: or, The Ambiguities』 미국 출간. 대폭적인 개고 요구에 영국판은 출간을 거부함.

1853년　　5월 22일 첫딸 엘리자베스 출생. 이즈음 선원이던 남편을 잃고 홀로 영웅적인 삶을 살아가는 여성을 그린 『십자가의 섬Isle of the Cross』 출간을 논의하지만 거절당하고, 이 원고는 유실됨. 11월 거듭되는 상업적 실패로 출판사를 찾기 어려워진 멜빌은 미국독립전쟁 용사의 이야기인 『이즈리얼 포터Israel Potter』를 〈퍼트넘스 먼슬리 매거진〉에 연재. 멜빌은 이후 1856년까지 〈퍼트넘스 먼슬리 매거진〉과 〈하퍼스〉에 총 열네 편의 단편을 발표. 12월 10일 출판사 건물 화재 사고로 『모비 딕』 초판의 재고 300부가 전소됨.

1855년　　3월 2일 둘째 딸 프랜시스 출생. 4월 『이즈리얼 포터: 오십 년의 망명 생활 Israel Potter: His Fifty Years of Exile』 출간.

1856년　　5월 「필경사 바틀비Bartleby, the Scrivener」 「베니토 세레노Benito Cereno」 등이 수록된 단편집 『피아차 이야기The Piazza Tales』 미국판, 6월 영국판 출간. 10월부터 이듬해 5월까지 유럽과 팔레스타인 지역 등을 여행. 이때 리버풀 영사로 있던 호손과 재회함.

1857년　　4월 마지막 장편소설 『사기꾼: 그의 가장무도회The Confidence-Man: His Masquerade』 미국판 출간. 정체성과 가면의 문제를 복잡하고 심도 있게 탐구했다고 평가받는 이 작품은 당시에는 이해받지 못했고, 출판사가 도산하는 바람에 인세도 받지 못함. 이후 삼 년 동안 생계를 위한 대중 강연에 나서지만, 대중의 혹평을 받음.

1860년　　시로 전향한 멜빌은 그동안 쓴 시집 원고를 출판사 두 곳에 투고하지만 거절당함. 5월 동생 토머스의 쾌속 범선을 타고 혼곳을 돌아 캘리포니아까지 갔다가 11월 파나마를 거쳐 혼자 뉴욕으로 돌아옴.

1862년   길에서 사고를 당해 심한 상처를 입음. 류머티즘에 시달림.

1866년   남북전쟁 기간 동안 쓴 시 72편을 모은 연작 시집이자 첫 시집『전쟁시편과 전쟁의 양상*Battle-Pieces and Aspects of the War*』출간. 이후 십 년 동안 초판 1200부 가운데 525부만이 팔리는 등 평단과 독자로부터 철저히 외면당함. 뉴욕항의 세관 검사원으로 일하기 시작.

1867년   장남 맬컴이 집에서 총상을 입고 사망. 사고인지 자살인지는 밝혀지지 않음.

1876년   7월 1만 8천 행에 이르는 서사시『클라렐: 성지순례 시편*Clarel: A Poem and Pilgrimage in the Holy Land*』자비 출간.

1885년   12월 31일 세관 검사원 일에서 물러남.

1886년   2월 22일 차남 스탠윅스가 폐결핵으로 사망.

1888년   시집『존 마와 다른 시들*John Marr and Other Poems*』자비 출간. 버뮤다로 짧은 여행을 다녀옴.

1891년   마지막 시집『티몰레온*Timoleon*』자비 출간. 9월 28일 이른 아침 심장 발작으로 영면. 당시 집필중이던 장편소설『선원, 빌리 버드*Billy Budd, Sailor*』(1924년 출간)가 미완성 유작으로 남았고, 장례식에는 부인과 두 딸만 참석함. 살아생전 멜빌은 하이픈 등의 문장부호에 극도로 신경을 쓴 작가였으나, 정작 〈뉴욕 타임스〉 부고란에는 'Mobie Dick'의 작가로 잘못 소개됨.

누구를 위하여 종은 울리나

그들이 미치고 눈이 멀어
유순한 그를 죽였음이니
그의 피가 그들 손에 있더라

강한 자가 눈물을 보이며
대지에 관보棺褓가 드리우고
사람들이 울음으로
철권을 드러내노니
사람들이 울음으로
철권을 드러냄을 조심할지라

— 허먼 멜빌, 「순교자」에서

자체로서 일체적인 완전함을 갖춘 섬과 같은 사람은 없습니다.
모든 인간은 대륙의 한 조각, 본체의 일부분일 뿐입니다.

그 사람이 어떤 사람이든 다른 사람의 죽음은 나를 축소시킵니다.
왜냐하면 나는 인류에 속해 있는 일부분이기 때문입니다.
그러므로 조종弔鐘이 누구를 위해 울리는지 알려 하지 마십시오.
그것은 당신을 위해 울리는 겁니다.

— 존 던, 「묵상록 xvii」에서

1853년 가을, 매사추세츠 농가의 작은 서재. 한 남자가 책상에 앉아 창밖을 내다본다. 소슬바람이 낙엽을 몰고 와 벌판에 홀로 선 농가의 유리창을 두드린다. 남자는 큰 체격은 아니지만 다부진 몸집에 얼굴이 불그스레하며 머리가 길고 수염이 덥수룩하다.

그는 소설가이다. 이 년 전, 심혈을 기울여 쓴 장편을 발표했지만 참담한 실패를 맛보았다. 팔리지 않고 출판사의 창고에 재고로 쌓여 있던 책은 그마저 화재로 재가 되었다. 소설 한 편을 더 발표했지만 결과는 더욱 참담했다. 남자는 한 월간지에 헐값으로 글을 팔기로 하고 책상 앞에 앉았지만, 글을 쓰다 말고 연신 창밖을 내다본다.

태어난 지 몇 달 되지 않은 갓난아이의 울음소리가 들린다. 네 살 먹은 아들은 밖에서 혼자 놀고 있고 아내는 겨울 준비에 여념이 없다. 농장은 장인에게서 빌려 마련한 것이다. 생계를 꾸릴 일이 막막하다.

창밖의 나뭇가지 사이로 하늘을 응시하던 그의 마음은 어느새 바다로 향한다. 그리고 문득, 자신이 쓴 소설 속 인물들 가운데 서 있는 자신의 모습을 본다. "이들은 뭍사람들이다. 평일에는 상점이나 공장, 사무실 등 외얽고 회반죽 친 벽 안에 갇혀 계산대나 작업대, 책상에 꼼짝없이 붙들려 있는 사람들이다." 흠칫하며 공상에서 깨어난 그는 사람들이 뉴욕 맨해튼의 남쪽 부둣가에 나와 바다를 응시하는 『모비 딕』의 도입부를 머릿속에서 몰아내려 애쓴다. 한편으론 아이의 울음소리에 귀를 막고, 또 한편으론 농장 일에 대한 의무감을 잊으려 애쓰며, 잡지에 기고할 중편소설에 집중하는 가운데 잠시 돈 걱정을 잊는다. 그렇게 완성한 글은 그해 11월과 12월, 두 번에 걸쳐 뉴욕의 〈퍼트넘스 먼슬리 매거진〉에 실린다.

그는 바로 허먼 멜빌이며, 『모비 딕』 『선원, 빌리 버드』와 함께 멜빌의 3대 걸작으로 꼽히는 「필경사 바틀비」는 이렇게 탄생한 것이다. 「필경사 바틀비」는 처음 잡지에 실렸을 때 반응이 좋아서 1856년에 다른 중단편 다섯 편과 함께 『피아차 이야기 *The piazza Tales*』라는 제목의 단행본으로 묶여 출간되었다. 이 단행본은 전작과 달리 호평을 받지만 멜빌의 경제적 곤경을 해결해주지는 못했다.

"저는 불과 몇 년 전에야 발육하기 시작했습니다. 마치 이집트의 피라미드에서 발견된 씨앗과 같습니다. 삼천 년 동안 한 알의 씨앗에 불과했지만, 영국 땅에 심겨 발아하여 푸른 초목으로 성장하고는 죽어 흙으로 돌아간 씨앗 말입니다. 스물다섯 살까지만 해도 저는 땅에 심기기 전의 그런 씨앗처럼 발육하지 못했습니다."

멜빌이 서른두 살에 열다섯 살 손위인 너대니얼 호손에게 쓴 편지이다. 편지 속 씨앗에 대한 비유는 「필경사 바틀비」의 결말에 나오는 "이집트"(죽음, 절망) 같은 구치소에 "새들이 떨어뜨린 잔디 씨"(생명, 희망)와 무관해 보이지 않는다. 이 비유에는 죽음 또는 절망 속에서 생명 혹은 희망을 보고 싶어했던 멜빌의 심리가 반영돼 있을 터이다. 열두 살에 아버지를 잃은 후 온 가족이 경제적으로 친지의 도움에 의지해야 했기에 멜빌로서는 전작의 실패로 궁지에 몰려 「필경사 바틀비」 집필에 매달려야 했던 1853년 가을이 유독 힘들었을 것이다. 『모비 딕』이 "사서死書"처럼 "대량으로 소각"된 탓에 그가 "생명의 심부름"을 해야 할 자신의 또 다른 글들이 이번에도 "급히 죽음으로" 치달을까봐 두려워했을 거란 걸 짐작하기는 어렵지 않다. 따라서 『모비 딕』의 실패와 후속작의 혹평에 대한 기억이 여전히 생생한 때, "외얽고 회반죽 친 벽" 안에서 넋을 잃은 사람처럼 창밖을 응시하며 "책상에 꼼짝없이 붙들려" 헐값에 글을 써야 했던 멜빌의 펜 끝에서 「필경사 바틀비」가 태어난 것은 필연이었는지도 모른다.

'필경사'는 복사기가 없던 당시에 필사를 하고 글자 수대로 돈을 받던 직업이다. 그러나 1828년 판 웹스터 영어사전을 보면 원어 'scrivener'는 '글 쓰는 사람' 혹은 '계약서나 기타 문서를 작성하는 일이 직업인 사람'으로 정의되어 있다. 전자의 의미가 구체적으로 '작가'나 '소설가'를 가리키지는 않지만 멜빌의 인생을 조금이라도 아는 독자는 바틀비에게서 그를 보기도 할 것이다. 누구를 바틀비의 모델로 삼았느냐에 대해서는 다양한 해석이 있지만, 몇몇 평론가들은 워싱턴 어빙, 에드거 앨런 포, 랠프 월도 에머슨 등과 같은 동시대 작가라고 말하기도 한다.

멜빌이 19세기 작가라는 데서 연유하기도 하겠지만, 멜빌의 글에는 해석하기가 까다로운 표현들이 유난히 많다. 괄목할 만한 멜빌의 전기를 저술한 컬럼비아 대학의 앤드루 델뱅코는 멜빌이 "언어 실험"을 한 작가라고 말한다. 구태의연한 글을 쓰지 않고, 혹은 기존의 어휘나 용법을 답습하지 않고 한 단어 한 단어 음미하듯 다루었다는 것이다. 당시 미국, 특히 뉴욕은 급격히 변모하고 있었고, 영어의 어휘 역시 살아 움직이듯 새로운 가능성을 모색하고 있었다. 한 예로 'pitiful'이라는 단어는 '동정심이 많은'이라는 의미로만 쓰이다가 '가련한' '무력한' '하찮은'과 같은 새로운 의미를 띠게 되었는데, 멜빌은 그런 조류에 늘 관심을 기울이며 연금술사처럼 새로운 의미를 조합해 자기만의 표현을 실험하려 부단히 노력했다.

이 책에서 '안 하는 편을 (선)택하겠다'라고 번역한 "I would prefer not to"는 일상에서 많이 쓰이거나 작품 속에서 바틀비가 이 말을 하는 상황에서 예측할 수 있는 표현이 아니다. 그럼에도 그는 이 말을 반복한다. 일을 '하고 싶지 않다'는 게 아니다. 다시 말해 어떤 행위를 부정한다기보다, 그 행위가 기정사실화된 현실 자체를 부정하는 것이며, 또한 이것을 하지 않는 편을 '선택'한다는 것이다. 즉 '하지 않음'의 가능성과 이에 대한 선택,

이 두 가지를 긍정하는 것이다. 그래서 그 말에는 '부정否定'의 선택 그리고 '선택'할 권리의 주장을 강조하려는 작가의 의도가 담겼다고 볼 수 있다.

조르조 아감벤에 의하면 "안 하는 편을 (선)택"하겠다는 바틀비의 말은 "존재하거나 행동할 잠재성"과 "존재하지 않거나 행동하지 않을 잠재성" 사이에 있는 일종의 '비무장 지대'를 개방하는 것이기도 하다. 「필경사 바틀비」에는 전체적으로 죽음이 배경음처럼 깔려 있다. 성벽처럼 월 스트리트에 실제로 높이 세워졌던 벽, 사무실의 벽, 고층 건물의 외벽, 구치소의 벽, 이 모든 벽들로 둘러싸인 곳의 바틀비는 유령과 시체처럼 묘사된다. 그는 "묵묵히, 창백하게, 기계적으로" 필사한다. 유령처럼 "건물 여기저기에 출몰"한다. "주검같이 맥없고 침울한 그의 대답"은 "안 하는 편을 (선)택"한다. 그렇다면 바틀비의 말은 죽음의 잠재성과 생명의 잠재성에 동시에 접해 있는 것으로 볼 수도 있을 것이다. 이처럼 「필경사 바틀비」는 여러 철학적인 논의에 동원되기도 한다.

또한 멜빌은 기독교적 색채가 강한 표현들로 바틀비를 묘사한다. 바틀비가 처음 등장하는 순간을 구세주의 '강림'을 뜻하는 "advent"라는 말로 표현함으로써 그의 출현이 범상치 않다는 것을 예고한다(이 책에서는 'advent'를 "도래"라고 옮겨 낯선 느낌을 의도했다). 변호사가 이기적인 자본주의, 억압적인 법률과 질서, 합리주의 등이 지배하는 세상을 상징

한다면 바틀비는 기존 질서에 순응하지 않고 고정관념을 깨뜨리며 "새 계명을 너희에게 주노니 서로 사랑하라"며 "인류"에게 사랑을 일깨우기 위해 "도래"한 그리스도를 나타내는 것이다. 이런 관점에서 볼 때 바틀비는 변호사에게 형제애 혹은 사랑을 생각하게 함으로써 구원의 가능성을 열어 주었으며(그러나 변호사가 구원에 이르리라는 암시는 없다), 그로 하여금 "아, 인류여!"라는 수수께끼 같은 말을 내뱉게 한다. 화자인 변호사가 "바틀비와 나는 아담의 아들들"이라고 자각하는 것과, 죽음을 갈망하며 욥이 부르짖었던 "세상 임금들과 모사들과 함께"라는 표현을 인용(바틀비를 생각하며 한 말일 수도 있고 변호사 자신을 생각해서 한 말일 수도 있다)하는 데서도 그것을 느낄 수 있다. 바틀비가 "도래"한 지 사흘째 되는 날부터 일하기를 거부하기 시작한 점 또한 소홀히 보아 넘길 수 없다.

한편 멜빌은 바틀비 외의 다른 인물들이 사용하는 어휘나 어법 하나하나에도 인물의 성격을 담는다. 이 소설의 화자인 변호사는 자화자찬을 하면서도 "존 제이컵 애스터의 의뢰를 받지 못한 적은 없다"라고 말하는 식으로, 노골적인 느낌을 완화하는 이중부정의 어법을 즐겨 사용한다. 또한 자신의 일에 대해서는 "소소한 일avocation"이라고 묘사한다. 당시 멜빌의 어휘를 구성했을 1828년 판 웹스터 사전은 'avocation'을 '직업'이라는 뜻으로 사용하는 것은 잘못된 용법이라고 못 박고 취미 생활과 같은 '본업 이외의 활동'이라고 정의한다. 이후 1913년 판에는 '직업'이라는 의미가 정식으로 등재되지만, 이 글에서는 안락하고 평탄한 삶을 덕목으로 꼽는 화자가 자신의 직업적인 일을 "소소한 일"로 치부한다는 것을 표현하기 위해 1828년 판의 의미로 풀이하였다. 고용인 가운데 한 명인 터키의 일에 대해 서술할 때 사용한 "아침 근무morning services"나 "오후의 헌신afternoon devotions" 같은 말도 기독교적인 색채를 띤 것으로 바틀비와 달리 체제에 복종적인 터키의 성격을 보여주기에, 우리가 지금 흔히 쓰는 풀이를 취하지 않았다.

이 외에 멜빌의 비유를 이해하기 위해 빠뜨릴 수 없는 것이 서양 문화에 대한 이해이다.

변호사 사무실이 있는 맨해튼의 월 스트리트는 기원후 106년 로마에 정복당한 '페트라'에 비유된다. 멜빌이 어렸을 때만 해도 십만에 불과했던 인구는 그가 죽을 당시 삼백만으로 증가했다. 멜빌은 급격히 국제화되며 하루가 다르게 고층 건물이 올라가는 대도시가 바틀비의 "도래"로 인해 위협받을 것이라 본 것인지 그의 "도래"를, 현대의 뉴욕이 폐허가 된 페트라의 운명을 밟을 전조라고 생각한 것은 아닐지 궁금증을 불러일으키는 부분이다.

또한 멜빌은 바틀비를 카르타고로 망명한 로마의 장군 마리우스에 비유하기도 한다. 도시를 폐허로 만들기에 바빴던 로마 장군의 모습으로서가 아니라 존 밴덜린이 그린, 카르타고의 폐허 속에서 사색에 잠긴 마리우스를 연상한 듯하다. 변호사가 바틀비의 지속적인 '파업'에 어떻게 대응할지 난감해져 그를 해고하고 싶어하지만 해고하지 못하는 이유를 찾아내는 부분에서는 키케로가 등장한다. "하지만 그랬더라도 실제로는 소석고로 만든 창백한 키케로 흉상을 내친다는 생각이 들었을 것"이라며 결국 그를 해고하지 못한다. 바틀비는 또 변호사가 말하는 동안 그를 쳐다보지 않고 "키케로 흉상에 시선을 고정"한다. 키케로는 우정을 주제로 글을 쓴 로마의 법률가로서 변호사들이 존경하는 인물이었다. 화자는 키케로의 준엄한 꾸짖음을 의식하고, 바틀비의 시선은 그것을 다시금 상기시켜주는 것이다.

  짧은 글임에도 이렇듯 다양한 함의와 해석이 내재되어 있는「필경사 바틀비」는 20세기 중반에 들어 미국의 고등학교 교과서에 수록되기도 하며 많은 독자들의 사랑을 받아왔다. 2001년에는 조너선 파커 감독의 〈바틀비〉라는 영화가 상영되기도 했다. 이 소설의 주제를 소외로 파악하는 사람들은 작품을 실존주의 부조리 문학의 기수로 여겼다.『모비 딕』에서 이슈미얼이 바다를 응시하며 자아의 거울을 보는 것처럼, 이 소설은 읽는 사람에 따라 프로테우스*처럼 다양한 모습을 보여준다. 무엇을 원하느냐에 따라 얻는 것이 달라질 수 있다. 따라서 이 소설이 각종 이데올로기를 표방할 잠재성을

---

* 그리스 신화에 나오는 바다의 신 중 변신 능력이 가장 뛰어난 신.

품고 있지만, 어느 한 가지를 주장하며 그것이 전부인 양 취급하면 곤란하다. 고립과 소외, 산업화된 일터의 본질과 계급투쟁, 노동운동, 형제애, 정신질환, 허무주의, 메시아론 등 다양한 논의에 사용될 수 있겠지만, 그보다는 우선, 낯설지만 강렬하면서 여운을 남기는 이야기 자체가 주는 감동에 우리 자신을 내맡기는 것이 옳을 것이다.

이 책은 1853년 〈퍼트넘스 먼슬리 매거진〉에 발표된 것이 아니라 1856년에 다섯 편의 다른 단편들과 함께 묶여 나온 단행본 『피아차 이야기』에 실린 것을 번역 저본으로 삼았다. 오늘날 두 텍스트가 모두 유통되지만 후자를 선택한 것은 이 판본이 오자나 틀린 부분을 십여 군데 바로잡았기 때문이다. 멜빌이 직접 그 작업을 했다고 한다. 또한 단행본에는 잡지에 실린 글의 문장 가운데 하나가 삭제되기도 했다.

초고를 마치고 바틀비의 운명에 나도 모르게 코끝이 시큰했다. 모쪼록 이 번역이 일차적 자의뿐 아니라 멜빌의 생각과 심상을 어느 정도 전하는 번역이 되었기를 바란다. 끝으로 역자를 배려하고 존중하며 도움말을 아끼지 않은 문학동네 편집부에 고맙다는 말을 전하고 싶다.

공진호

옮긴이 **공진호**
뉴욕시립대학에서 영문학과 창작을 전공했다. 현재 한국에 거주하며 번역 및 출판기획을 하고 있다. 옮긴 책으로 『빌리 배스게이트』 『타란툴라』 『소리와 분노』 『청소부 매뉴얼』 『파수꾼』 『밤은 부드러워』 『드 니로의 게임』 『교수들』 『번역 예찬』 '패트릭 멜로즈 소설 5부작' 등이 있다.

문학동네 세계문학

필경사 바틀비

1판 1쇄 2011년 4월 15일 | 1판 17쇄 2020년 9월 21일
2판 1쇄 2021년 5월 17일 | 2판 7쇄 2025년 1월 24일

지은이 허먼 멜빌 | 그린이 하비에르 사발라 | 옮긴이 공진호
책임편집 김경미 | 편집 오영나 이현정 | 독자 모니터 유부만두
디자인 김이정 이원경 | 저작권 박지영 형소진 오서영
마케팅 정민호 서지화 한민아 이민경 왕지경 정유진 정경주 김수인 김혜원 김예진
브랜딩 함유지 함근아 박민재 김희숙 이송이 김하연 박다솔 조다현 배진성
제작 강신은 김동욱 이순호 | 제작처 영신사

펴낸곳 (주)문학동네 | 펴낸이 김소영
출판등록 1993년 10월 22일 제2003-000045호
주소 10881 경기도 파주시 회동길 210
전자우편 editor@munhak.com | 대표전화 031) 955-8888 | 팩스 031) 955-8855
문의전화 031) 955-1927(마케팅) 031) 955-1917(편집)
문학동네카페 http://cafe.naver.com/mhdn
인스타그램 @munhakdongne | 트위터 @munhakdongne
북클럽문학동네 http://bookclubmunhak.com

ISBN 978-89-546-1444-3 03840

www.munhak.com

변신
프란츠 카프카 소설 | 루이스 스카파티 그림 | 이재황 옮김

현대문학의 신화가 된 카프카의 불멸의 단편! 모든 것이 불확실하고 출구를 찾을 수 없는 현대인의 삶 속에서 인간에게 주어진 불안한 의식과 구원에의 꿈 등을 명료한 언어로 아름답게 형상화했다.

파우스트
요한 볼프강 폰 괴테 지음 | 외젠 들라크루아, 막스 베크만 그림 | 이인웅 옮김

괴테가 육십여 년에 걸쳐 쓴 필생의 대작이자 독일문학 최고의 걸작으로 일컬어지는 영원불멸의 고전. 지식과 학문에 절망한 노학자 파우스트 박사의 미망(迷妄)과 구원의 장구한 노정.

지킬 박사와 하이드 씨
로버트 루이스 스티븐슨 소설 | 마우로 카시올리 그림 | 강미경 옮김

『보물섬』의 작가 로버트 루이스 스티븐슨이 인간의 마음속에 공존하는 선과 악의 대립에 대해 심오한 질문을 던진다. 명망 높은 과학자 헨리 지킬 박사와 흉악범 에드워드 하이드, 두 사람의 미스터리한 이야기.

검은 고양이
에드거 앨런 포 소설 | 루이스 스카파티 그림 | 강미경 옮김

비운의 천재 작가 에드거 앨런 포의 공포 단편선. 인간의 비이성적인 광기와 분노를 그린 「검은 고양이」, 서서히 죽음을 "맛보는" 고통 「나락과 진자」, 산 채로 매장당한 자의 생생한 경험담 「때 이른 매장」 수록.

필경사 바틀비
허먼 멜빌 소설 | 하비에르 사발라 그림 | 공진호 옮김

"안 하는 편을 택하겠습니다." 삭막한 월 스트리트에서 안락하게 살아온 한 변호사 앞에 기이한 필경사 바틀비가 등장하고, 이 필경사가 던진 한마디가 월 스트리트의 철벽에 균열을 일으키기 시작하는데…… 세계문학사 최고의 단편.

외투

니콜라이 고골 소설 | 노에미 비야무사 그림 | 이항재 옮김

보잘것없는 9급 문관 아카키 아카키예비치의 인생에 어느 날 새로운 외투가 나타난다. 하지만 새 외투를 처음 입은 날, 그는 강도를 만나 외투를 빼앗기고 마는데…… 비판적 리얼리즘의 대가 고골이 그린 러시아 문학의 정수!

바베트의 만찬

이자크 디네센 소설 | 노에미 비야무사 그림 | 추미옥 옮김

노르웨이 작은 마을의 노자매 앞에 어느 날 신비로운 여인 바베트가 나타난다. 프랑스 제일의 요리사 바베트는 자매를 위해 특별한 만찬을 차려내는데…… 20세기 최고의 이야기꾼 이자크 디네센의 대표 단편.

밤: 악몽

기 드 모파상 소설 | 토뇨 베나비데스 그림 | 송의경 옮김

19세기 세계문학사에서 3대 단편작가로 꼽히는 모파상. 그가 그려내는 어둠에 대한 동경과 공포. 파리 시가지의 밤 풍경과 현실과 비현실을 넘나드는 주인공의 의식을 통해 환상적이고 광기어린 분위기를 담아냈다.

장화 신은 고양이

샤를 페로 소설 | 하비에르 사발라 그림 | 송의경 옮김

프랑스 아동문학의 아버지 샤를 페로의 고양이 이야기. 가난한 방앗간 주인의 막내아들은 유산으로 달랑 고양이 한 마리를 받고, 고양이는 천연덕스럽게 장화를 신고 자루를 목에 걸고는 사냥을 나서는데……

개를 데리고 다니는 여인

안톤 체호프 소설 | 하비에르 사발라 그림 | 이현우 옮김

"제대로 살아보고 싶었어요!" 남에게 보여주기 위한 삶, 자신에게도 솔직하지 못한 삶, 그 안에 숨은 열정, 그리고 시작되는 사랑……   로쟈 이현우의 러시아어 원전 번역으로 만나는 체호프 단편소설의 정점.

아담과 이브의 일기

마크 트웨인 소설 | 프란시스코 멜렌데스 그림 | 김송현정 옮김

미국문학의 아버지 마크 트웨인이 그려낸 인류 최초의 러브스토리. '이 세상'에 도착한 최초의 여행자 아담과 이브. 게으르고 저속하며 아둔한 '그'와, 쉴새없이 재잘대고 엉뚱한 짓을 저지르는 '그녀'가 새로운 '우리'로 거듭나기까지.